故译新编

许钧　谢天振　主编

卞之琳译作选

卞之琳 译

许钧 编

商务印书馆

主编的话

2019年，是五四运动一百周年。最近一段时间，我们一直在思考与翻译有关的一些问题：在五四运动前后，为什么翻译活动那么活跃？为什么那么多学者、文人重视翻译、从事翻译？为什么围绕翻译，有那么多的争论或者讨论？

五四运动涉及面广，与白话文运动、新文学运动乃至新文化运动之间有着深刻的互动性和内在一致性。考察翻译活动对于五四运动的直接与间接的影响，首先引起我们关注的，是一个"新"字。新文学运动与新文化运动自不必说，"新"是其追求与灵魂。而白话文运动，虽然没有一个明确的"新"字，但相对于文言文，白话文蕴涵的就是一种"新"的生命——语言与文字的崭新统一，为新文体、新表达、新思维的产生拓展了新的可能性。

"新"首先意味着与"旧"的决裂，在这个意义上，五四运动所孕育的启蒙与革命精神体现在语言、文学、文化等各个层面。追求新，有多重途径。推陈出新，是其一，著名的文艺复兴运动具有这样的特征，拿鲁迅的话说，"在意大利文艺复兴的意义，是把古时好的东西复活，将现存坏的东西压倒"。但是，五四运动不能走这条路，鲁迅最反对的就是把旧时代的"孔子礼教"拉出来。此路不通，便只有开辟另一条道路，那就是在与孔孟之道决裂，与旧思想、旧道德决裂的同时，向域外寻求新的东西，寻求新的思想、新的道德。这样一来，翻译便成了必经之路。

如果聚焦五四运动前后的翻译，我们可以发现以下事实：一是翻译受到了前所未有的重视；二是众多学者做起了翻译工作；三是刊物登载的很多是翻译作品；四是西方的各种重要思潮通过翻译涌入了中国。就文学而言，梁启超的"欲新一国之民，不可不先新一国之小说"之思想受到了普遍认同。而要"新"中国之小说，翻译则为先导，其影响深刻而广泛。首先，借助翻译之道，中国的文人与学者有了观念的革新；其次，在不同的文学体裁的内在结构与形式方面，翻译为投身新文学运动的作家提供了可资借鉴的新路径；最后，翻译在为新文学运动注入了具有差异性的外国文学因子的同时，也给新文学运动的积极参与者开拓了进一步认识中国文学传统、反思自身，在借鉴与批判中确立自身的可能性。

一谈到五四运动前后的翻译，我们会想到梁启超、鲁迅、陈望道，还会想到戴望舒、徐志摩、郭沫若……这一个个名字，一想到他们，我们就会感觉到中外文学与文化交流史仿佛拥有了生命，是鲜活的，是涌动的。五四运动前后的这些翻译家就像是一个个重要的精神坐标，闪烁着启蒙之光，引发我们对中华文明的发展与中华民族的伟大复兴作深层次的思考。

创立于维新变法之际的商务印书馆，素有翻译之传统，是译介域外新思潮、新观念、新思想的先行者，一直起着引领的作用。在纪念五四运动一百周年之际，商务印书馆决定有选择地推出五四运动前后翻译家独具个性的"故译"，在新的时期赋予其新的生命、新的价值，于是便有了这套"故译新编"。

"故译新编"，注重翻译的开放与创造精神，收录开风气之先、勇于创造的翻译家之作。

"故译新编"，注重翻译的个性与生命，收录对文学有着独特的理解与阐释、赋予原作以新生命的翻译家之作。

"故译新编"，注重翻译的思想性，收录"敞开自身"，开辟思想解放之路的翻译家之作。

阅读参与创造，翻译成就经典，我们热切地希望，通过读者朋友具有创造性的阅读，先辈翻译家的"故译"，能在新的时期拥有新的生命，绽放新的生命之花。

许钧　谢天振
2019 年 3 月 18 日

编辑说明

1. 本丛书所收篇目多为20世纪上半叶刊布,其语言习惯有较明显的时代印痕,且译者自有其文字风格,故不按现行用法、写法及表现手法改动原文。

2. 原书专名(人名、地名、术语等)及译名与今不统一者,亦不作改动;若同一专名在同书、同文内译法不一,则加以统一。如确系笔误、排印舛误、外文拼写错误等,则予径改。

3. 数字、标点符号的用法,在不损害原义的情况下,从现行规范校订。

4. 原书因年代久远而字迹模糊或残缺者,据所缺字数以"□"表示。

5. 编校过程中对前人整理成果多有借鉴,谨表谢意。

目录

前言 / 001

诗与随笔

法国诗十二首 / 010
 译者引言 / 010
 音乐〔法〕夏尔·波德莱尔 / 011
 喷泉〔法〕夏尔·波德莱尔 / 013
 海风〔法〕斯特凡·玛拉美 / 016
 收旧衣女人〔法〕斯特凡·玛拉美 / 018
 三年以后〔法〕保尔·魏尔伦 / 019
 感伤的对话〔法〕保尔·魏尔伦 / 021
 死叶〔法〕亥米·德·古尔蒙 / 023
 风灵〔法〕保尔·瓦雷里 / 025
 失去的美酒〔法〕保尔·瓦雷里 / 027
 石榴〔法〕保尔·瓦雷里 / 029
 海滨墓园〔法〕保尔·瓦雷里 / 031
 在森林里〔法〕于尔·苏佩维埃尔 / 045
时钟〔法〕夏尔·波德莱尔 / 046
秋天的哀怨〔法〕斯特凡·玛拉美 / 048

冬天的颤抖〔法〕斯特凡·玛拉美 / 050

年轻的母亲〔法〕保尔·瓦雷里 / 053

小品（二十篇）〔英〕洛庚·史密士 / 055

《小哲学家自白》九章〔西班牙〕阿索林 / 067

小说

爱芙林〔爱尔兰〕詹姆士·乔伊斯/ 080

在果园里〔英〕维吉妮亚·伍尔孚/ 087

无话的戏剧〔法〕阿尔培·阿克雷芒/ 091

窄门〔法〕安德雷·纪德/ 096

前言

在中国现代文学史和20世纪文学翻译史上，卞之琳（1910—2000）是一个值得永远铭记的名字，有着不可取代的位置。他是杰出的诗人，是新文学运动中重要的诗歌流派新月派和现代派的代表诗人。他是伟大的翻译家，被译界称为一代翻译大师。他是优秀的学者，对西方文学，尤其是对莎士比亚有着深入的思考。

作为译界的后学，我对卞之琳先生一直怀有崇敬的心情。我拜读过安徽教育出版社于2000年出版的三卷本《卞之琳译文集》，我惊叹于卞之琳先生视野之开阔、目光之独特、译笔之传神。对于自己的翻译历程，卞之琳先生说过这样一段具有概括性的话："我从事文学翻译，不是遵循什么翻译理论指导开始的；要讲自己的文学翻译实践，则是60年的道路好像兜了一圈；始于译诗（韵文），中间以译散文（包括小说）为主，又终于译诗（韵文，包括诗剧）。"[1]

翻译，是卞之琳先生一辈子的挚爱。60年的翻译历程，记录着他对真与美的执着的追求。据他在"译者总序"中的回忆，早在他读高中二年级的时候，他有幸选修了一门莎士比亚戏剧课，读到了莎士比亚的《威尼斯商人》原文。课外，他"自读了英国浪漫派诗人柯尔律治（S. T. Coleridge）的叙事名诗《古舟之咏》，为满足自己文学创作的替代乐趣，就悄悄地把全诗译出，全长 1060 行，行对行，韵对韵，自我约束极严"[2]。这次翻译，对于卞之琳的翻译人生而言，犹如埋下一颗种子。诗歌翻译，于他是一种发现，他由此慢慢接近浪漫派诗歌，后又爱上了象征主义诗歌。在某种意义上，卞之琳对于西方浪漫主义、象征主义诗歌的发现，可以说激发了他的诗情，与他的诗歌创作渐渐形成了一种难得的合力，创作与翻译互动，成就了他的诗意人生。

检视卞之琳先生 60 年的翻译历程，我首先看到的，是卞先生透过西方这扇窗户，通过他的发现，为中国广大读者打开了一个丰富、独特、异彩纷呈的文学世界。英国的莎士比亚、拜伦、雪莱、济慈、艾略特、伍尔孚，爱尔兰的叶芝、乔伊斯，法国的波德莱尔、玛拉美、魏尔伦、瓦雷里、普鲁斯特、纪德，奥地利的里尔克，西班牙的阿索林，这一个个光辉的名字，因卞之琳的译介而在中国读者的心中闪现着他们的光芒，让中国读者感受到了他们思的深邃、文的神采与情的温暖。若论翻译，在我看来，翻译在本质上具有开放的精神，善于敞开自身，打开他者的世界，在异域的明镜中，照亮自身；在与他者的相遇、接触、交流、碰撞中，丰富自身，也丰富他者。基于此而论翻译家卞之琳的功绩，我们会发现卞之琳先生以其开阔的视野，把中国读者引向了广阔的世界，引向了一座座文学的奇峰。卞先生以探索性的目光，发现了象征主义诗歌；更以前瞻性的目光，发现了可与现实主义文学互为补充的现代主义文学。1980年，他在回忆自己翻译和文学研究历程的文章中写道："我们今日的外国文学爱好者，从欧洲19世纪的浪漫派诗和写实派小说一下子碰到西方五六十年代以来的各种所谓'先锋派'作品，就有点晕头转向了，恰就是漏掉了两次世界大战之间的这一段西方文学的认识。"[3]早在20世纪30年代，卞之琳先生就以其清醒而独特的目光，发现了普鲁斯特、乔伊斯和伍尔孚这些现代主义大师的特质，并开始尝试着翻译他们的作品，为中国读者认识与理解现代主义文学做了开拓性的努力。

对于卞之琳先生在这一方面的可贵贡献，我有过一些研究。我曾就法国20世纪文学在中国的翻译与接受做过比较系统的梳理，也有过比较深入的思考。据我们考察，卞之琳是国内最早翻译普鲁斯特的，虽然译的只是普鲁斯特那部不朽名著开头的几个段落，但其意义却是开拓性的。1988年，当《追忆似水年华》全书由译林出版社组织翻译，即将出版之际，卞之琳在《中国翻译》1988年第6期发表了一篇《普鲁斯特小说巨著的中译名还需斟酌》一文，文中有这样一段回忆性的文字："……三十年代我选译过一段。我译的是第一开篇一部分,据法国版《普鲁斯特片断选》(*Morceaux Choisis de M. Proust*)加题为《睡眠与记忆》,1934年发表在天津《大公报》文艺版上,译文前还说过几句自己已经记不起来的介绍语,译文收入了我在上海商务印书馆1936年出版的《西窗集》。"根据卞之琳先生的这段话,我在宋学智的帮助下,查阅了《大公报》,在文艺副刊1934年2月21日第12版上,读到了《睡眠与记忆》这一篇译文,也见到了卞之琳写下的一段他"自己已经记不起来的介绍语",其中有这样一段:"有人说卜罗思忒是用象征派手法写小说的第一人。他惟一的巨著《往昔之追寻》(*A la Recherche du Temps Perdu*)可以说是一套交响乐,象征派诗人闪动的影像以及与影像俱来的繁复的联想,这里也有,不过更相当于这里的人物,情景,霎时的欢愁,片刻的迷乱,以及层出不穷的行品的花样;同时,这里的种种全是相对的,时间纠缠着空间,确乎成为了第四度(the fourth dimension),看起来虽玄,却正合爱因斯坦的学说。"[4]短短的几句话,深刻地揭示了普鲁斯特这部巨著的哲学特质,也道出了这部巨著的诗学特征。卞之琳的发现与开拓之功,由此可见一斑。

卞之琳先生译介的诗人与小说家众多。在诗歌方面,翻译的主要是法国诗歌和英国诗歌。在小说方面,引起我特别关注的，是卞之琳先生所译的纪德作品。纪德是诺贝尔文学奖获得者，在法国文学中有着独特的地位。但我们知道，纪德是1947年获得诺贝尔文学奖的，而差不多是在发现普鲁斯特的同时，卞之琳就开始对纪德产生了持久的兴趣。在1933年，他开始关注并阅读纪德的作品。第二年，即1934年，"他首次译出了纪德的《浪子回家》一文。1935年译介《浪子回家集》（作为《文化生活丛刊》之一出版于1937年5月，初名《浪子回家》）。1936年译出纪德惟一的一部长篇小说《赝币制造者》（全稿抗战中遗失，仅刊出一章）。1937年译《赝币制造者写作日记》《窄门》和《新的食粮》。1941年为重印《浪子回家集》撰写译序。1942年写作长文《纪德和他的〈新的食粮〉》，翌年由桂林明日社印行单行本，以之为序。1946年为次年由文化生活出版社出版的《窄门》撰写译序"[5]。卞之琳对纪德的喜爱与执着，源自于他对纪德深刻的理解。在中国，纪德长时间里一直被当作谜一样的存在，学界对纪德多有不同的阐释。卞之琳对纪德的翻译与评介是在一种互动关系中进行的。作品的翻译为卞之琳深刻理解纪德打下了基础，同时也提供了一般的评论者所难以企及的可能性。而反过来，基于对作品深刻理解之上的评论，则赋予了卞之琳对纪德的某种本质性的把握。这种直达作品深层和作者灵魂之底的把握主要体现在两点。首先是对纪德思想的准确把握，卞之琳突破一般评论者所认为的纪德的"多变"的特征，指出纪德虽然有着"出名的不安定"，"变化太多端"，但"'转向'也罢，'进步'也罢，他还是一贯"。[6]在卞之琳看来，纪德的多变的价值恰恰体现在其不断的超越和进步之中。其次是对纪德"章法文体"的深刻把握，卞之琳深谙纪德的为文之道，并善于在翻译中再现纪德的风格。由对纪德的思想与创作手法的双重把握，到化纪德的"章法文体"为我有，卞之琳对纪德的作品的译介与接受由此而打上了鲜明的个性烙印，赋予了其译文以独特的品格。

2019年是五四运动100周年，回顾卞之琳先生的翻译历程，重读卞之琳的敀译，有着不一样的意义和感受。我看到了新文化运动中那个意气风发的诗人，看到了那个得世界文学风气之先、具有开拓性的翻译家，看到了一个不断发现异域文学别样之风景的探索者。而在他留给我们的涉及英、法两大语种，包括诗歌、散文、小说、戏剧多个门类的一百五十余万言的译文中，出于我个人对卞之琳先生的理解和偏好，我选择了他早年翻译的一些具有代表性的译作，其中有象征主义的诗歌，有哲理性的小品，有现代派的小说，还有卞之琳先生理解深刻的纪德的名篇。但愿读者能理解我的选择，用心阅读卞之琳先生融入了爱与生命的翻译文学之佳作。

许钧

2019 年 10 月 12 日

于朗诗钟山绿郡

注释：

1 卞之琳："译者总序"，载《卞之琳译文集》（上卷），安徽教育出版社，2000 年，第 1 页。

2 卞之琳："译者总序"，载《卞之琳译文集》（上卷），安徽教育出版社，2000 年，第 1 页。

3 卞之琳："修订版译者前言"，载《卞之琳译文集》（上卷），安徽教育出版社，2000 年，第 5—6 页。

4 曾觉之：《法国小说家普鲁斯特逝世十周年纪念——普鲁斯特评传》，《大公报》文艺副刊 1934 年 2 月 21 日，第 12 版。

5 江弱水：《卞之琳"诗"艺研究》，安徽教育出版社，2000 年，第 206—207 页。

6 转引自江弱水：《卞之琳"诗"艺研究》，安徽教育出版社，2000 年，第 208—209 页。

诗与随笔

法国诗十二首

译者引言

这里所收法国诗，大致写于19世纪40年代至20世纪30年代末，按倾向演变，包括前期象征主义、象征主义、后期象征主义到接近超现实主义。一些代表性的关键人物是有了，但也没有选入另外一些重要诗人。原因为主要以译者自认为译得差强人意者为准。还有，因为名叫法国诗，也就不收别国人用法语写的作品。这里，有六首是30年代上半期的旧译，早已经发表过；新译六首中，除瓦雷里《风灵》、《石榴》、《海滨墓园》在刊物上发表过以外，没有发表过的有玛拉美《收旧衣女人》、魏尔伦《感伤的对话》、苏佩维埃尔《在森林里》。

音乐[1]

〔法〕夏尔·波德莱尔

音乐有时候漂我去,像一片大洋!
　　向我苍白的星儿,
冒一天云雾或者对无极的穹苍,
　　我扬帆起了程儿;

直挺起胸膛,像两顶帆篷在扩张,
　　膨胀起一双肺儿,
我在夜色里爬着一重重波浪,
　　一重重波浪的背儿;
惊涛骇浪中一叶扁舟的苦痛
　　全涌来把我搅着,
无边的洪流上,好风和骚动的暴风

　　又把我抚着,摇着。
有时候,万顷的平波,像个大明镜
　　照着我绝望的魂灵!

注释：

1 见作者《恶之花》（1857）"忧郁与想往"辑。原诗为变体十四行诗，单数行有十二音节，双数行有六音节（加无声 e），音式为 abab、cbcb、ded、eff，照法国诗传统单双数行交叉押阳韵和阴韵（即带无声 e）。译文以五顿配单数行，以三顿或三音组配双数行，前八行韵式略有改变，成 abab、acac，也试配阴韵（即"儿"化字或补"着"字的轻音收尾）。

喷泉[1]

——〔法〕夏尔·波德莱尔

你这双美目疲倦了,怪可怜!
不要张开吧,多宁神休息,
尽这样躺躺吧,这样慵懒,
你本就这样获得了惊喜。
庭心的喷泉专喜欢饶舌,
整天又整夜,不肯停一停,
它今晚轻轻来施布狂热,
把我的爱情在其中沉浸。

　　水柱一分散,
　　　万花开,
　　让月华渲染
　　　好色彩,
　　水珠像泪点
　　　洒下来。

你的灵魂也如此,只一经
欢狂的闪电强烈地点燃,

它便又快又猛地一纵身,
想投到令人神往的长天,
于是力竭了,它无可奈何,
变无数惆怅的细流往下注,
沿着不露痕迹的斜坡
直灌到我的心坎的深处。

   水柱一分散,
    万花开,
   让月华渲染
    好色彩,
   水珠像泪点
    洒下来。

你啊,夜使你出落得这样美,
多么温馨是:俯就到你胸前
赏心谛听不远的水池内
萦回着一缕永恒的幽怨!
良夜、淡月、涓涓的水流、
四周的不时微颤的疏林,

你们这一片纯洁的清愁
都无非是我的爱情的明镜。

　　水柱一分散，
　　　万花开，
　　让月华渲染
　　　好色彩，
　　水珠像泪点
　　　洒下来。

注释：
1　见《恶之花》"补遗"辑，最初发表于《小杂志》(La Petite Revue，1865年7月8日)。原诗三节正文，两节叠词，正文每行八音节，行中大顿以在第四音节后为主，叠词一、三、五行为五音节，二、四、六行为四音节，正文韵式都为 abab、cdcd，叠词为 ababab，都以单数行用阴韵，双数行用阳韵，互相交叉。译文以四顿配正文，以两顿配叠词单数行，以一顿配双数行，不算音节（单字）数，脚韵照原式，但不分阴阳韵。

海风[1]

〔法〕斯特凡·玛拉美

肉体真可悲,唉!万卷书也读累。
逃!只有逃!我懂得海鸟的陶醉:
没入不相识的烟波又飞上天![2]
不行,什么都唤不回,任凭古园
映在眼中也休想唤回这颗心,
叫它莫下海去沉湎,任凭孤灯,
夜啊!映照着白色掩护的空纸,
任凭年轻的女人抚抱着孩子。[3]
我要去!轮船啊,调整好你的桅樯,
拉起锚来,开去找异国风光。

一个厌倦,经希望多少次打击,
还依恋几方手绢最后的告别!
可也说不定,招引暴风的桅杆,
哪一天同样会倒向不测的狂澜,
不见帆篷,也不见葱茏的小岛……
可是心,听吧,水手们唱得多好!

注释:

1　见《诗集》(1887)及其后各集,最初发表于1866年5月12日《当代巴纳斯》杂志,据考订为1865年所作。原诗格律是传统的亚历山大体,每行十二音节,有行中大顿,押偶韵,阴阳韵交叉,译文每行以五顿相配,自然也有不固定的行中大顿,押韵照原样,但未用阴韵。

2　这行在译文中较突兀,虽然一样是五顿,但每顿一音节(一字)到四音节(四字,包括收尾虚字),应如此划分顿:"没入/不相识的/烟波/又/飞上天"。

3　照原文字面严格说,"抚抱着孩子"是"奶孩子"("给婴儿喂着奶")。

收旧衣女人[1]

〔法〕斯特凡·玛拉美

你用一双尖锐的目光,
穿透外表,直看到内蕴,
也就剥光了我的衣裳;
我来去赤条条,像一个天神。

注释:
1　见作者诗辑《下里巴人歌》(*Chansons Bas*,1889)。玛拉美当时应画家作画配诗,编集刊《巴黎人物》(*Les Types de Paris*)出版的需要,提供了一组短诗叫"街头人物"(Types de la Rue),后收入《诗集》(*Poesies*,1898)改了诗辑名。诗人各方面受波德莱尔影响明显,这辑诗也有点像《恶之花》里的"巴黎风光"辑,写街头小人物。本诗似可理解为:说话人(歌者,诗人)自己穿了破旧衣服,受到收破烂女人注目(注意"尖锐"[vif]一词的分量),由此切身感到下层小人物的穷苦,若有所得,撇下自己外表穿着的考虑,一身轻,昂首走去,"像一个天神"。原诗调子轻松,意义深刻,饶有余味。译文最后一行,字面原意确就如此,但借用《红楼梦》中"赤条条一身来去无牵挂"一句的几个字眼,可能会引起佛家思想的联想,与此处不相干,或无大碍。原诗四行,每行七音节,行中大顿不固定,韵式为 abab,译文以每行四顿相配,押韵照原样,但加了行内韵——"双""表""光(了)""条"。

三年以后[1]

———————————————〔法〕保尔·魏尔伦

小门推开了,在那儿震颤,
我又到小园里独自徘徊,
清晨的阳光满地泼晒,
朵朵花含一颗湿津津的星点。

什么都没有改变。你看:
葡萄架和几张藤椅还在,
白杨仍在诉无尽的悲哀,
喷泉仍在吐银白的呢喃。

和从前一样,玫瑰在悸动,
骄傲的大百合摇曳迎风,
来去的灵雀像都认识我。

站在列树巷尽头的地方,
维蕾达也依旧,一身剥落,[2]
亭亭的,披拥了木樨草余香。

注释：

1 见《土星人诗集》(1866)"忧伤"辑。原诗为十四行体，每行十二音节，行中大顿大体在四、六、八音节后，译文每行较缩短，为四顿，行中大顿不固定，原诗脚韵安排为 abba、abba、ccd、ede，阴阳韵交叉，译文照原式，但未用阴韵。

2 维蕾达（Velleda），德卢衣德教女先知，公元 69 年，协助日耳曼居今荷兰一带部族首领，反抗罗马帝国统治，坚持斗争，终被杀害。巴黎卢森堡公园有她的雕像。

感伤的对话[1]

〔法〕保尔·魏尔伦

古老的公园里,冰冻而冷清,
刚刚走过了两个人影。

眼睛发死而嘴唇松垮,
谁也听不清他们的谈话。

古老的公园里,冰冻而冷清,
两个鬼影提起了旧情。

"可记得我们从前的欢狂?"
"为什么要我还记住既往?"

"一听见我名字还心里忐忑?
睡梦里还总梦见我?""不。"

"啊!幸福无比的日子,
我们的亲嘴多有味!""也许是。"

"当时天多美,希望多高!"
"希望早已向黑天里烟消。"

他们就在荒草地蹓跶,
只有夜听得见他们的谈话。

注释:
1 见《喜庆集》(1869)。原诗每行十音节,行中大顿不固定,译文每行以四顿相配,原诗为偶韵体,阴阳韵交叉,译文也双行一韵(个别韵只是近似),但未用阴韵。

死叶[1]

——〔法〕亥米·德·古尔蒙

西摩妮,到林中去吧,树叶掉了,
把石头,把青苔,把小径全都罩了。

西摩妮,你可爱听死叶上的脚步声?

它们的颜色多柔和,色调多庄严,
它们在地上是多么脆弱的残片。

西摩妮,你可爱听死叶上的脚步声?

它们的样子多愁惨,黄昏一到;
它们哭得多伤心,晚风来一扫!

西摩妮,你可爱听死叶上的脚步声?

踩在脚下,它们像灵魂样啜泣,
发一阵鼓翼或是曳裙的细息。

西摩妮,你可爱听死叶上的脚步声?

来吧:我们将一朝与死叶同命。
来吧:夜已到,夜风带我们飘零。

西摩妮,你可爱听死叶上的脚步声?

注释:
1 见作者唯一诗集《遣兴集》(1912)。原诗是一般十二音节的亚历山大体,译文每行以五顿相配,押韵保持原貌,唯不分阴阳韵交错。

风灵[1]

〔法〕保尔·瓦雷里

无影也无踪,
我是股芳香,
活跃和消亡,
全凭一阵风!

无影也无踪,
神工呢碰巧?
别看我刚到,
一举便成功!

不识也不知?
超群的才智
盼多少偏差!

无影也无踪,
换内衣露胸,
两件一刹那!

注释：
1　原诗见《幻美集》（1922）。瓦雷里以风灵（中世纪克尔特和日耳曼民族的空气精）喻诗人的灵感。它飘忽无定，出于偶然或出于长期酝酿，苦功通神，突然出现，水到渠成。它在诗中出现，易令人莫测高深，捉摸不定；最后一转，神奇地出现了一个形象，一个女子换内衣的一瞥，一纵即逝。瓦雷里这路象征诗，意义可以层出不穷，这里也不一定限于诗创作，也可以引申到一切创造性劳动。

失去的美酒[1]

〔法〕保尔·瓦雷里

有一天我向海洋里
(不记得在什么地方)
作为对虚无的献礼,
倒掉了宝贵的佳酿。

谁要你消失呀,芳醇?
是听了占卜家劝诱?
也许是我忧心如焚,
想着血,就倒了美酒?

一贯是清澈的沧海
起一阵玫瑰色薄霭,
就恢复明净的原样……

丢了酒,却醉了波涛!……
我看到咸空里腾跃
深湛的联翩形象……

注释:

1　原诗见《幻美集》(1922)。瓦雷里在《精神的危机》一文中说:"一滴葡萄酒注在水里,差不多不能使水变色,呈玫瑰色的薄晕以后,即自行消失。这是物理现象。现在,在消失了复归澄清以后,假定在似乎又变成纯粹的瓶水中,我们看见,这里那里,有几滴暗沉沉的纯粹葡萄酒现形——那多么可惊异!……这种迦拿的现象(即耶稣把水变葡萄酒的奇迹)在精神界物理上未始不可能。"结果似可说,海虽恢复了表面的明净,一切总有所不同了。

石榴[1]

〔法〕保尔·瓦雷里

坚硬而绽开的石榴
经不起结子太多,
我想见丰硕的成果
爆开了权威的额头!

开裂的石榴啊,阳光
灼烤就你们的傲骨,
使出苦练的功夫
打通了珠宝的隔墙,

干皮层灼灼的赤金,
和一种力量相应,
迸发出红玉的香醪,

这一道辉煌的裂口
使我的旧梦萦绕
内心的隐秘结构。

注释：

1 原诗见《幻美集》(1922)。石榴在这首诗里成为智能的象征，主旨在表现智能的力量，因此思维的形象（石榴）和诗本身都显得硬朗、结实。第一节讲石榴子爆开，第二节讲刻苦，坚定功夫，第三节心得突至，最后回过来深入冥想到人类头脑的结构（建筑）。迸裂的石榴使诗人回想起智力活动的紧张时刻，认为瞥见了心灵活动的秘密。

海滨墓园[1]

〔法〕保尔·瓦雷里

这片平静的房顶上有白鸽荡漾。[2]
它透过松林和坟丛,悸动而闪亮。
公正的"中午"[3]在那里用火焰织成
大海,大海啊永远在重新开始![4]
多好的酬劳啊,经过了一番深思,
终得以放眼远眺神明的宁静![5]

微沫形成的钻石多到无数,
消耗着精细的闪电多深的功夫,
多深的安静俨然在交融创造![6]
太阳休息在万丈深渊的上空,[7]
为一种永恒事业的纯粹劳动,
"时光"在闪烁,"梦想"就是悟道。[8]

稳定的宝库,单纯的米奈芙神殿,[9]
安静像山积,矜持为目所能见,
目空一切的海水啊,穿水的"眼睛"[10]
守望着多沉的安眠在火幕底下,[11]

我的沉默啊!……灵魂深处的大厦,[12]
却只见万瓦镶成的金顶,房顶!

"时间"的神殿,总括为一声长叹,[13]
我攀登,我适应这个纯粹的顶点,
环顾大海,不出我视野的边际,
作为我对神祇的最高的献供,
茫茫里宁穆的闪光,[14]直向高空,
播送出一瞥凌驾乾坤的藐视。[15]

整个的灵魂[16]暴露给夏至的火把,
我敢正视你,惊人的一片光华
放出的公正,[17]不怕你无情的利箭!
我把你干干净净归还到原位,[18]
你来自鉴吧![19]……而这样送回光辉
也就将玄秘招回了幽深的一半。[20]

正像果实融化而成了快慰,
正像它把消失换成了甘美,
就凭它在一张嘴里的形体消亡,

我在此吸吮着我的未来的烟云,[21]
而青天对我枯了形容的灵魂
歌唱着有形的涯岸变成了繁响。[22]

美的天,真的天,看我多么会变!
经过了多大的倨傲,[23]经过了多少年
离奇的闲散,尽管是精力充沛,
我竟然委身于这片光华的寥廓;
死者的住处上我的幽灵掠过,
驱使我随它的轻步,而踯躅,徘徊。

啊,为了我自己,为我所独有,[24]
靠近我的心,靠近诗情的源头,
介乎空无所有和纯粹的行动,
我等待回声,[25]来自内在的宏丽,
(苦涩、阴沉而又嘹亮的水池,)
震响灵魂里永远是在来的空洞。[26]

知道吗,你这个为枝叶虚捕的海湾,[27]
实际上吞噬着这些细瘦的铁栅栏,[28]

任我闭眼也感到奥秘刺目,
是什么躯体拉我看懒散的收场,
是什么头脑引我访埋骨的地方?
一星光在那里想我不在的亲故。

充满了无形的火焰,紧闭,圣洁,[29]
这是献给光明的一片土地,
高架起一柱柱火炬,[30]我喜欢这地点,
这里是金石交织,[31]树影幢幢,
多少块大理石颤抖在多少个阴魂上;
忠实的大海[32]倚我的坟丛而安眠。

出色的忠犬,把偶像崇拜者[33]赶跑!
让我,孤独者,带着牧羊人[34]笑貌,
悠然在这里放牧神秘的绵羊——
我这些宁静的坟墓,白碑如林,
赶开那些小心翼翼的鸽群,[35]
那些好奇的天使、空浮的梦想![36]

人来了,未来却是充满了懒意,

干脆的蝉声擦刮着干燥的土地;
一切都烧了,毁了,化为灰烬,
转化为什么样一种纯粹的精华……
为烟消云散所陶醉,生命无涯,
苦味变成了甜味,神志清明。[37]

死者埋葬在坟茔里安然休息,
受土地重温,烤干了身上的神秘。
高处的"正午",纹丝不动的"正午",[38]
由内而自我凝神,自我璀璨[39]……
完善的头脑,十全十美的宝冠,
我是你里边秘密变化的因素。[40]

你只有我一个担当你的恐惧![41]
我的后悔和拘束,我的疑虑,
就是你宏伟的宝石发生的裂缝![42]……
但是啊,大理石底下夜色深沉,
却有朦胧的人群,靠近树根,
早已慢慢地接受了你的丰功。[43]

他们已经溶化成虚空的一堆,
红红的泥土吸收了白白的同类,[44]
生命的才华转进了花卉去舒放!
死者当年的习语、个人的风采[45]、
各具一格的心窍,而今何在?
蛆虫织丝在原来涌泪的眼眶。

那些女子被撩拨而逗起的尖叫,
那些明眸皓齿,湿漉漉的睫毛,
喜欢玩火的那种迷人的酥胸,
相迎的嘴唇激起的满脸红晕,
最后的礼物,用手指招架的轻盈,
都归了尘土,还原为一场春梦。

而你,伟大的灵魂,[46]可要个幻景
而又不带这里的澄碧和黄金[47]
为肉眼造成的这种错觉的色彩?
你烟消云散可还会歌唱不息?
得!都完了!我存在也就有空隙,
神圣的焦躁[48]也同样会永远不再。

瘦骨嶙峋而披金穿黑的"不朽"
戴着可憎的月桂冠冕的慰藉手，
就会把死亡幻变成慈母的怀抱，
美好的海市蜃楼，虔敬的把戏！
谁不会一眼看穿，谁会受欺——
看这副空骷髅，听这场永恒的玩笑！[49]

深沉的父老，头脑里失去了住户，[50]
身上负荷着那么些一铲铲泥土，
就是土地了，[51]听不见我们走过，
真正的大饕，辩驳不倒的蠕虫[52]
并不是为你们石板下长眠的人众，
它就靠生命而生活，它从不离开我！

爱情吗？也许是对我自己的憎恨？
它一副秘密的牙齿总跟我接近，
用什么名字来叫它都会适宜！
管它呢！它能瞧，能耍，它能碰，能想，
它喜欢我的肉，它会追随我上床，
我活着就因为从属于它这点生机！

齐诺![53] 残忍的齐诺！伊里亚齐诺！
你用一支箭穿透了我的心窝，
尽管它抖动了，飞了，而又并不飞！
弦响使我生，箭到就使我丧命![54]
太阳啊！……灵魂承受了多重的龟影，[55]
阿基利不动，尽管用足了飞毛腿！

不，不！……起来！投入不断的未来![56]
我的身体啊，砸碎沉思的形态！
我的胸怀啊，畅饮风催的新生！
从大海发出的一股新鲜气息
还了我灵魂……啊，咸味的魅力！
奔赴海浪去，跳回来一身是劲！

对！赋予了谵狂天禀的大海，
斑斑的豹皮，绚丽的披肩上绽开
太阳的千百种，千百种诡奇的形象，
绝对的海蛇怪，为你的蓝肉所陶醉，[57]
还在衔着你鳞鳞闪光的白龙尾，
搅起了表面像寂静的一片喧嚷。

起风了![58]……只有试着活下去一条路!
天边的气流翻开又合上了我的书,
波涛敢于从巉岩上溅沫飞迸!
飞去吧,令人眼花缭乱的书页!
迸裂吧,波浪!用漫天狂澜来打裂
这片有白帆啄食的平静的房顶。[59]

注释:
1 原诗见《幻美集》(1922)。
2 海面比房顶,三角帆比白鸽。荡漾,原文为"marchent",有双重意义:"行驶"与"漫步"。汉译文只能舍其第二义,以求达到像在法文里一样,一读即知指"白帆"的效果。
3 "中午"(原文大写)也是天正中的太阳,把天空一分为二。
4 海面阳光闪烁,像是火焰织成;波浪不断起伏,像"永远在重新开始"。原文用字,形声处很多,显出静中有动。
5 瓦雷里不信教,应是无神论者,却往往用多神论的形象。这里的"神明"及以后的"神祇",在汉语里不加"们"字,也可以是多数。
6 心(人)与境(海)合一。
7 "休息"与下行的"劳动",对立统一。全诗里用了不少"纯粹",在汉语里意味不一;这里有"十足""彻底""绝对"意。
8 《作品集》本将"时光"和"梦想"都改为大写。"时光"不动,只是不动的太阳照射海面而闪闪发光。冥思即慧悟,合为一体。

9 罗马神话里的米奈芙即希腊神话里的雅典娜，亦称芭拉斯，朱庇特（即希腊神话里的宙斯，天帝）从头脑里生出的女儿，主智慧与艺术。她的神像传说为特罗亚城安全的保障。这里"宝库""神殿"都是指海。"稳定"上应"平静""宁静""安静"，下启"安静像山积""安眠""沉默"等，重复用词，除了一般加强效果外，瓦雷里还常用于逐渐调整诗思。

10 "眼睛"，原文大写，眼睛的人格化、象征化。

11 "火幕"指海面，表里又是一个对立，和下二行一样。

12 "我"（说话人）与海在此合为一体。"大厦"应和上下文的"神殿"和"房顶"。

13 "'时间'的神殿"，一说与下行的"我"即说话人同位，而说话人在诗中是代表动、变、消逝的时光；一说指天，承接第二节末行的"时光"，也与第三节首行的"米奈芙神殿"（指海）并行，大海的神殿后接以天空的神殿。但这里人与海或与天都已基本合一；"神殿"为人的一声"长叹"所围绕，"顶点"为人的视野所环抱，以小包大，也是象征派易见的手法。这里原文的"太息"译成"长叹"，符合"望洋兴叹"的成语。

14 "闪光"指闪烁的海面。

15 非意谓大海蔑视天空或太阳，是指沉思者献出他最宝贵的"倨傲"。

16 "灵魂"指下行的我。"夏至"意指不动的太阳或"绝对"（"绝对"又可译成我国旧说的"太极"）。

17 应第一节里的"公正的'中午'"。

18 指返光。

19 "你来自鉴吧！"（或"看你自己吧！"）最初在刊物上发表时作

"光天的明镜"。最初的升调到此结束,短促的降调从此开始。

20 "玄秘"(或"玄影")指神秘的无名实体。第三节临末说话人(诗人,人)与大海合一,本节与太阳由并列而对立。"个人"的主题由此开始。

21 说话人(人,诗人)预先品尝将来的死亡。

22 浪拍"涯岸",涯岸消隐,只听得一片繁响,引起本行和下行里"变"的题旨。

23 "倨傲"和沉思,在第三节里发挥了,到此撇下。

24 这一节进入了实体的内涵,幽黯与苦辛。

25 "等待"的"回声"是"纯粹的行动"的反应,亦即刺激在身体上引起的反应所造成的回响。

26 "永远是在来的空洞",既是时间的,也是空间的。思想家探索自我的意义,在前头永远是"空洞"。"变化"的意象又出现了,而这一意象也预报了第二十节里提到的阿基利永远追不上乌龟的形象。

27 从枝叶间看海景,海湾似被枝叶所捕,原文"假俘房"一词中的"假"字也可以引起另外的意味。

28 咸空气使坟园的铁栅栏生锈,而"铁栅栏"一词也可以引起多一层联想。

29 与上节的悲调相反,本节转为开朗。现在不再是说话者"暴露给夏至的火把"(第五节),而是坟园和死者"献给"了"光明"。

30 指坟园里阳光照射的火炬似的柏树。

31 "金"可以指阳光,也可能指石碑上刻的金字。

32 "忠实的大海"启下节"忠犬"的意象。

33 指教徒,特指基督教徒,可说是大胆的"亵渎"。

34　诗人——牧羊人，取代了基督。

35　在《圣经》里白鸽是圣灵的象征。这里的"鸽群"有多层意义，指海面的白帆，也指石碑上有雕饰的白鸽（亦即"偶像"）。"小心翼翼"，实指"人"把白鸽刻在碑上。

36　"空浮的梦想"指基督教不朽说的空梦。"好奇的天使"可能也是刻在石碑上的守卫神。

37　呼应第八节的"苦涩""阴沉"，这里转为说话人（人，诗人）面对所谓"绝对"境界而欢欣。"清明"，摆脱了一切幻觉。

38　"正午"（或"中午"）原文照例是大写。

39　无所不知的"绝对"（"太极"）的鲜明形象，与第八节形成对比。

40　本节开头，说话者（诗人，生者）羡慕死者，温暖舒适，解脱了生命的永久的"神秘"，然后想到"正午"的完整，想到一种不容人智的不安定来搅扰的境界。说话者，人，一个相对的存在，经常不安定的，不甘屈服。他宁要生、变、冒险，宁要存在的悲剧性而使人崇高的喜悦，而不取虚无的纯洁。说话人（诗人，人）在此又面对"绝对"（"太极"），这里又表现为"正午"，太阳却已是一个高傲的对手。

41　本行重又发挥个人或自我的主题，这在以后各节里就消失了。

42　因为不断追究宇宙的意义，人成为本来是完美的世界这个钻石的裂缝，但通过考虑这个世界，也就主宰了世界。

43　而死者，相反，站到了虚无一边。这一节下半，又像第七行末行，从阳面转入阴面，转入降调。

44　"白"也含"空白"的意思，意谓这些死者都已经成了无名氏。"同类"指泥土，符合"人是泥土造成的"说法。

45　个人、个性的主题正在消失。

46　"伟大的灵魂"，呼应第十三节的高傲，带讽刺意。据瓦雷里自称，"灵魂"在此指"生命的野心"。

47　"澄碧"指海，"黄金"指太阳。

48　"神圣的焦躁"指虔诚信士亟欲求得死后再生的喜悦。也可能指"天才即长期的忍耐"，而瓦雷里的诗《蛇》中也有"天才！噢，长期的焦躁！"

49　直接摈斥不朽说。从此以至最后接受海上将起的风暴，使整诗成为变动世界、相对世界、官能世界的赞歌。

50　"深沉"就是"深埋"。"住户"显然是内容（思想等等），接上节的骷髅。

51　"就是土地了"，变成了泥土，呼应第十五节"红红的泥土吸收了白白的同类"和第十六节"都归了尘土"。

52　"大蠹""蠕虫"，就是动、变、感知、消逝的时光之类。变动之类在第十三节、十四节导致自傲，此处引起苦恼。

53　齐诺（约公元前490—约公元前436），伊里亚出生的希腊哲学家，以著名的"飞箭不动论"（说飞箭每刹那都在箭程的一点上，行动等于零，零加零不会有增）和"阿基利永远追不上乌龟喻"（说追者必须在时间的每一区分里先达到被追者同时起步的地点，因此距离虽然不断缩短以至最小极限，追者永远落后于被追者），否定运动的存在，亦即否定生命本身。

54　瓦雷里自己解释："感使我觉（使我醒），接着是知（反省，意识）刺透我。"

55　太阳在这里比作迟迟不动的乌龟。"龟影"引起说话人（诗人）阴郁的感情。

56　由上节哲学语调准备了过渡，此节表现从苦恼中脱出，重由降调转入升调，以至全诗的结束。
57　蛇，在瓦雷里诗中都象征感、知、动、变等等。
58　"起风"也象征解放。
59　回到全诗开头，首尾呼应，也互相对比。

在森林里[1]

〔法〕于尔·苏佩维埃尔

在不计岁月的森林里
一棵大树砍倒了。
一个垂直的空档,
紧临躺倒的树干,
发出了柱形的震颤。

寻找吧,寻找吧,鸟群,
在这个高耸的记忆里,
趁它还喃喃细语的时候,
寻你们筑巢的老地方。

注释:
1 见作者诗集《无罪的苦役犯》(Le Forcat Innoncent,1930)。本诗似介乎后期象征主义与超现实主义之间,想入非非,而决非语无伦次(思维总有逻辑,梦呓不可能是艺术),亲切动人,却也不能确定它的含义或寓意,只像中国有一路传统抒情诗一样地呈现特定境界。原诗就像译文一样的为无韵自由体。

时钟[1]

———〔法〕夏尔·波德莱尔

中国人从猫眼里看时辰。

有一天,一个传教士在南京郊外散步,发觉他忘了带表,就向一个小男孩问,现在是什么时候了。

天朝的这个小家伙,先迟疑了一下,然后,灵机一动,回答说:"我会告诉你。"一会儿,他回来了,手抱着一只肥硕的大猫,和它瞪眼相看了,就毫不迟疑,肯定说:"正午还差一点。"确实如此。

至于我,如果我俯就姣好的翡丽尼[2]——名字叫得多好,人更是女性的光荣,又是我心怀的骄傲、灵府的芳香呢,我不论白昼或黑夜,在光天化日下或在朦胧阴暗里,从她可爱的眼睛深处,总清清楚楚地看得见时刻,总是同一个时刻,一个空阔的时刻,庄严宏伟有如太空,无分无秒——一个不动的时刻,时钟上标不出,而轻如一声叹息,快如一瞬眼波的流盼。

如果有人不识相,偏来干扰,如果哪一个鲁莽急躁的妖怪,哪一个促狭捣乱的魔鬼,跑来对我说:"你这么专心致志在那里看什么？你在这个生物的眼睛里找什么？你在那里看见时辰吗，你这个放荡懒散的凡人？"我会毫不迟疑地回答说："对，我看见时辰；那就是永恒。"

这，夫人，可不是一支实在高明的情曲，而且不跟你自己一样的花枝招展吗？说实话，我把这番矫饰的多情编织得锦上添花，自得其乐，以致我一点也不会要求换取你什么了。[3]

注释：

1 原文编入1869年出版的《散文小诗集》（《巴黎的忧郁》）（*Petits Poèmes en Prose—Le Spleen de Paris*）。

2 翡丽尼，法文Feline，原意为猫属，也作女性人名。

3 这一段是后加的。据巴黎贡纳尔（Louis Conard）出版社1926年《波德莱尔全集本》雅克·克雷贝（Jacques Crépat）注释，此诗定稿入集出版以前，先曾在刊物上发表过三次（1857、1861、1862），1869年版单行本所收的与1862年发表稿，除个别字眼以外，基本一致，而与首二次发表稿颇多歧异。主要有：（1）第四段第一句最初为"至于我，当我抱起我的好猫，我亲爱的猫咪——它既是它本属类的光荣，又是……"，后改为"当我抱起这只奇特的猫咪……"；（2）第三次改稿，与换用"翡丽尼"取代"猫咪"同时，加了定稿的最后一段。翡丽尼似非虚构女友而实有其人（因在《恶之花》第二版里曾有"致敬我亲爱的翡丽尼"一语），至于是谁，则无可考。译者认为，这一改就显出全篇原先纯属抒情性的，到此一转而成讽刺性的，自嘲和讽世了。

秋天的哀怨[1]

〔法〕斯特凡·玛拉美

自从玛丽亚[2]丢下了我,去了别一个星球——哪一个呢,猎户星,牵牛星,还是你吗,青青的太白星?——我总是珍爱孤独。不知有多少个漫长的日子我挨过了,独自同我的猫儿。我说"独自",就是说别无有血有肉的生灵,我的猫儿是一个神秘的伴侣,是一个精灵。那么我可以说我挨过了漫长的日子,独自同我的猫儿,也独自同罗马衰亡期的一个末代作家;因为自从玉人儿去世了,真算得又稀奇又古怪,我爱上了的种种,皆可一言以蔽之曰:衰落。所以,一年之中,我偏好的季节,是盛夏已阑、凉秋将至的日子;一日之中,我散步的时间,是太阳快下了,还在淹留,把黄铜色的光线照在灰墙上,把红铜色的光线照在窗玻璃上的一刻儿。对于文学也一样,我灵魂所求、快慰所寄的作品,自然是罗马末日的没落诗篇,只要是它们并不含一点蛮人来时的那股返老还童的气息,也并不口吃地学一点基督教散文初兴时的那种幼稚的拉丁语。

我就这样子读一篇这一类心爱的诗（这种诗的脂粉要比青春的红晕更使我陶醉哩），伸手抚弄这一只纯洁小兽的软毛，忽听得一架手摇琴[3]唱起来了，消沉的，抑郁的，就在我的窗下。它唱在白杨巷中，白杨叶在我看来就在春天也是愁惨的，自从玛丽亚跟了丧烛从长巷走过，最后一次走过了。伤心人的乐器，是的，真是的：钢琴是闪烁的，小提琴会给黯惨的情怀带来光亮，可是手摇琴呢，在记忆的黄昏里，却使我颓然沉思了。此刻它喃喃地唱一支快乐的俗曲，能把欢欣灌进城厢的心坎的一支陈旧的滥调：为什么它的叠句直荡进我的灵府，像一支传奇的谣曲一样地催人下泪了？我慢慢品味它，不忍向窗口投一个铜板出去，为的怕搅扰我自己，怕发觉这架乐器并不是独自在歌唱。

注释：
1 原文最初发表于 1864 年（作者 22 岁），1887 年首次收入单行本《诗文集》(*L'Album de Vers et Prose*)。
2 玛拉美的妹妹，13 岁病死。
3 手摇琴（即筒琴）是旧时西欧街头卖艺者单人携带、支柱演奏的乐器。

冬天的颤抖[1]

——————————————————〔法〕斯特凡·玛拉美

这座萨克森钟,走得很慢,在那些花朵与神像之间敲着十三点,从前是谁的呢?想想看,它还是从萨克森邮车里运来的,不知在多少年前。

(怪影挂在磨损的玻璃窗上。)

你那面威尼斯镜子,深得像一泓冷冷的清泉,围着翼兽拱抱、金漆剥落的边岸;里头映着什么人呢?啊!我相信,一定不止一个女人在这一片止水里洗过她美的罪孽了;也许我可以看见一个赤裸裸的幻象哩,如果多看一会儿。

——坏东西,你老说鬼话……

(我看见蜘蛛网结在大窗子顶上。)

我们的衣橱很老了:看这炉火怎样地照红它惨淡的木板;都有它那样年纪了,那些疲乏的帐幔,掉漆靠椅上的那幅花毡，墙壁上的那些古雕刻，以及我们所有的古董。你不觉得吗，就是这几只孟加拉雀和那只蓝鸟也给时光抚摩得褪色了？

（不要想那些蜘蛛网，任它们颤动在大窗子顶上。）

这一切你都爱，就为了这点我才能同你住在一块儿。你不是很愿意吗，满目旧情的妹妹，愿意我有一首诗上出现这些字眼，"残象的雅致"？新东西使你不快；它们嚣张的鲁莽使你害怕，你又会感到不得不使用它们，这可真格外为难了，因为你本来就不好动。

来，掩上你那本日耳曼旧历书，你看得那么仔细，虽然它出版了不止一百年了，它报告的国王都死完了，来，躺在古毯上，让我的头搁在你慈悲的两膝间灰淡的袍子上，幽静的孩子啊，我要跟你谈几个钟头；这儿再没有田野了，街道又是空的，我要跟你谈我们的家具……你心不在焉了？

（这些蜘蛛网颤栗在大窗子顶上。）

注释:
1 原作写于1864年,在刊物上发表后,最初收入1887年版《诗文集》。

年轻的母亲[1]

〔法〕保尔·瓦雷里

这个一年中最佳季节的午后像一只熟意毕露的橘子一样的丰满。

全盛的园子,光,生命,慢慢地经过它们本性的完成期。我们简直可以说一切的东西,从原始起,所作所为,无非是完成这个刹那的光辉而已。幸福像太阳一样的看得见。

年轻的母亲从她怀里小孩的面颊上闻出了她自己本质的最纯粹的气息。她拢紧他,为的要使他永远是她自己的。

她抱紧她所成就的东西。她忘怀,她乐意耽溺,因为她无尽期地重新发现了自己,重新找到了自己,从轻柔的接触这个鲜嫩醉人的肌肤上。她的素手徒然捏紧她所结成的果子,她觉得全然纯洁,觉得像一个完满的处女。

她恍惚的目光抚摩树叶,花朵,以及世界的灿烂的全体。

她像一个哲人,像一个天然的贤人,找到了自己的理想,照自己所应该的那样完成了自己。

她怀疑宇宙的中心是否在她的心里,或在这颗小小的心里——这颗心正在她的臂弯里跳动，将来也要来成就一切的生命。

注释：
1　原作见瓦雷里《诗文选》(*Morceaux Choisis—Prose et Poésie*，1930年初版)，应为早期作。

小品（二十篇）[1]

〔英〕洛庚·史密士

大作

坐着，握着笔独自在图书馆的寂静里，游蜂嗡嗡地响在向阳的窗帘外。我在沉思中考虑我大作的题目应该是什么。我应该控告命运的无常，非难定数与星宿吗？或者我应该斥责永不知足的人心，雅致地用岭表的白雪与星光的皎洁来对照我们热切狂乱的生活与愚蠢的怨懑吗？或者我应该限于排斥当世的恶风，向"时代"学哈姆雷特大喊其"呔！"（"Fie!"），严酷地揭开它虚伪的面具，彻头彻尾地拆穿它安适的乐观吗？

或者学约伯，我应该问天问地，自寻烦恼，穷究人生——人生在这个苹果形的行星上的意义吗？

恐怖

我们的谈话中突然来了一个停顿——我们常常有这种不愉快的一刹那，就是当我们坐着，带着固定的微笑，苦心搜索一些话来填满不合式的沉默。不过停顿了一会儿——"可是假设,"我带了可怕的好奇心暗自思忖,"假设我们中谁都找不到一句话来说,而我们已经继续沉默地坐下来了呢?"

是因为怕发生什么事情,什么不可知而可怕的事情,我们才竭力使谈话的微焰不灭的。正如旅人在夜里,在一个不知名的森林中,长使火焰熊熊,为的怕野兽伺候在黑暗里,随时预备扑上他们去。

感触

当冬天的黄昏带了雨降到了我的街上,一种可怕的人生的悲感袭来了我的心上了。我想起烂醉的老女人投水自尽,因为没有人爱她们;我想起拿破仑在圣赫勒拿岛上,拜伦在意大利困人的气候里脾气变坏了,人也发胖了。

无常

戴了又扔掉的玫瑰,忘却的朋友,消失的音乐——从人世间以短促著称的一切中,我得了一个格言或教训,意谓愚蠢的是只看一个面孔,尽听一个声音,在这样一个世界里,据我所知,毕竟满是迷人的声音呀。

可是总一样,我永远也不能完全忘却往日的热忱,小时候我常带了那种心情读颂扬坚贞、颂扬真爱、颂扬北极星的话呢。

白杨

塞塞克斯有一株大树，一树疏朗的叶云高高地浮动在夏日的空中。画眉在里边歌唱，还有八哥，它们把傍晚适于装饰的阳光注满了一片金声的璀璨。夜莺在那里觅到了它的绿廊；在那些树枝上，有时候，像一只大果实，挂一轮柠檬色的月亮。在八月天的光耀中，当全世界热昏了，在那个清凉的幽深处总有一股微风，总有一阵声音，像流水的声音，在它轻轻地挂在上面的树叶间。

可是这株树的主人却在伦敦读书。

旧衣件

褴褛的旧背心，什么事使得你一向掩惯的心忐忑地跳呢？怪样的帽子，曾经巢居在你底下的思绪到什么地方去了呢？旧鞋子，我在过去的什么幽径上匆匆地走，以至踏烂了你的皮底呢？

青春

哎呀，这个活呀，吃呀，老呀；这种怀疑呀，悲痛呀，对于月亮、玫瑰不感兴趣呀……

我是那个人吗,他常常半夜里醒来,哈哈大笑,因为生活得太快乐了?他为了有没有上帝而烦恼,他和年轻的小姐太太们跳舞直跳到天亮了许久以后?他唱"惜往日"(Auld Lang Syne),他感伤得痛哭,他不止一次,隔一层浪漫的大眼泪的云翳,凝视夏夜的明星?

沙漏

在奥克里街的角上,我站住了和我的邻人灰勃耳太太谈一会儿,她正在等一辆公共汽车。

"告诉我,"她问,"你这怪样的包裹包了什么呀?"

"一个沙漏,"我说,把它从纸包里取出来,"我在国王路一家店铺里看到它。我老需要一个沙漏量时间。时间真是多么的神秘呀,只要你一想到它!看,我们正在谈,沙就在漏呢。我手里拿了一切本质中最有威力、最难解、最难留的东西——时间,治我们一切哀愁的可怜的良药——可是我说!你的公共汽车正要开了。你赶不上了,要是你不留心!"

蜡像

"可是一个人总不知道自己的时代,那多么有趣呵。"我对旁边一位女士说,"我多么愿意我们能看到自己,像后代看到我们呵!"

我以前也说过,可是这一回听了自己的话,我受了一击,简直是雷击呢。像一个轻率的魔术师,我自己召来的妖精把我吓坏了。古怪的一刹那间,我确乎看到了我们自己在那个不可避免的镜子里,可是形容枯槁的、过时的、瘫痪的——一套尘封的旧蜡像,蠢头蠢脑地痴笑在时间的废料房里。

"还是立刻被忘掉的好!"我嚷了一声,太用力了,似乎叫旁边那位女士吃了一惊。

哪儿

我呀,我走动,呼吸,搁一只脚在另一只脚前,我看月圆、月缺,拖延复信,我要在哪儿找到梦想与乌鹊声所期许,水波所窃议,巴亭登附近街头风琴所轻唱的至福呢?

是在南洋的什么岛上,或在沙漠与荒山中的绿洲上;或只在中国诗人所想像的月中的广寒宫里吗?

形容词

唉,我为什么不生在形容词的时代呢;我们为什么不再能写滴银的眼泪,月尾的孔雀,雄辩的死,黑奴而涂星的夜呢?

单调

喔,成天停顿在一个玻璃的静海上;成天听屋顶上的雨或松间的风;成天坐在一个瀑布前,读精致的、雕琢的、单调的波斯诗,由它们讲一个绿洲园,那儿永远是春天,那儿玫瑰盛开,情人嗟叹,夜莺不停地悲歌,白衣人三三两两,坐在流水边,成天,一天又一天,讨论人生的意义。

不舒服

从朦胧的半空的客厅里他们所坐的一角上,他们可以在一个大镜子里看见旁的晚餐客踌躇的踌躇,走的走了。没有一个连下去——有什么好处呢?——参加夜会。他们讲餍足、乏味,讲冬天的天气,讲老、病、死。

"可是人世间最使我惊惶的,"他们中有一个说,"使我起一种眩晕或颤栗的,是——说起来很荒唐,也不过是空间的恐怖,L'Epouvante sidérale,——无穷的恐惧,银汉中的黑深渊,最远的星球外那些永久的空间的静默。"

"可是时间,"他们一组里另一个说,"当然时间是一个更坏的梦魇。想想看!'过去'没有一个头,'将来'又来不完,'现在'多渺小,我们不过在里面活一刹那,在两大黑深渊之间一眨眼。"

"我觉得不舒服的,"第三个说话的冥想了,"是这样:甚至于'现在'也躲避我。我不知道'现在'到底是怎么一回事;我总捉摸不住它,当它经过的时候;我不是超过很远,就是落后很远,总是在旁的地方。我此刻实在并不是和你们一起在这儿,虽然我正在对你们说话。为什么我要参加夜会呢?我也不会在那儿,即使我去。我的生命全是回忆和预期——如果你可以称它为生命,如果我不是一种鬼魂,出没在一个已逝的'过去',或在一个更虚渺、更空幻的'将来'。实在有几分鬼气,这个流寓与孤立。可是干吗讲它呢?"

他们站起来了,他们的影子也映在那个大镜子里,他们走出客厅去,散了,各上各的路,消失在冬夜里。

等候

我们相遇在滑铁卢;因为我们正上同一个地方去游历,我们同火车走了;可是我们下那个乡下小站的时候,她发觉她的箱子没有到。它们也许已经被带到第二站去了;打电话去问的时候，我陪她等候。正是一个温和的春晚，我们在静默中并坐在一张向月台的木凳上；因火车经过引起来的喧闹退落了；暮色渐深，一颗一颗的星在晴朗的天空里闪烁出来了。

"多么平静呵。"最后我发言了。"可不是自有一种乐趣吗？"我停了一下又说了，"像这样静默中等在星光下，到底是一种小小的机缘呀，是不是？一个自有其情调、颜色、氛围的时辰。"

"我常常想，"我又冥想得说出口来了，"我常常想到是在这种等候和静默中悬虑的时辰，一个人才最能完满地体会到人生的意味，我们脆弱的人世间的不确定，然而亦即是甜蜜，那样的易生恐惧和希望，那样的依赖百万个偶然。"

"行李！"我沉默了一下又说，"到底可笑不可笑，默察宇宙的心灵要东拖西带刷子、靴子、衣件在皮箱里吗？假定这个微贱的破货，"我一边说，一边用伞把身边自己的提箱鄙夷地戳了一下，"假定完全不见了，那又有什么要紧呢？"

最后她开口了。"可是不是你的行李，"她说，"是我的丢了呀。"

月亮

我走进去和主妇握手,可是没有人特别注意;没有人惊呼或走出去;平静的低谈仍然继续下去。我料想我似乎和旁人一样;从外边观察,无疑地,我看起来多少像他们。

可是里边呢,从里边看起来?或者是不是一个想得通的假定呢,说我们里边也都一样的——说所有那些闲谈的人也都有月亮在头脑里?

暖床

太多了:报纸上的新闻是令人寒心的;中欧与亚洲在一片混乱状态中;什么地方也没有安乐;英吉利海峡大风暴,地震,饥馑,罢工,作乱。神秘的重负,这个不可救药的世界的重量,我实在受不了。

"为早发的蔬菜准备一张暖床,马粪落叶各居一半;用这些材料,"我看得很起劲,"一层间一层,作一个大堆;搁过几天,于是翻过来。暖床的位置要避冷风,向太阳。早发的矮种马铃薯应当挑一些;芦笋可以从露天的园里掘出来——"

时机

"不堪的时机?啊,对了,自然,"我说,"人生中满是这种时机——让我想想看——"

"发现别人未寄的信在一只旧口袋里;在一个街镜里照面孔被人看见;对一位公爵夫人谈理想被人听见;拒绝上门来化缘的尼姑或是受一个美丽的新相识赠一本她所著的书,满纸是神秘的荒唐言;或是在一个旧世界的花园里可怕地冥想——"

胡子

从前有一个年轻人自以为看见了人生的真相,自鸣得意于冷酷地正视人生,没有幻觉。他继续冷酷地,他以为,正视了几年。这是他自己的观念;可是有一天,遇着了几个很年轻的人,他看见了,仿佛反映在他们的眼睛里,一个斯文的老绅士,穿一件白背心,留一个维多利亚时代的胡子,一个爱好灵魂、落日、一切问题高贵的解答的人——

这是他在那些残忍的年轻人眼睛里看见的映象。

词句

世界上，究竟，还有什么慰藉像语文的慰藉和安慰呢？当我被生存的黑暗面闹得茫然若失了，当这个华美的万象在我看起来，像在哈姆雷特看起来，归于尘埃与残根了，倒不是在形而上学里，也不是在宗教里我找到了重振的保证，却是在美丽的词句里。想到凝视人生的黄昏星，丑陋的老年变成一个赏心悦目的景色了；如果我称死为强大的，劝不动的，它对于我就没有什么恐怖了；我完全满足于被折如花，消失如影，被吞没如雪片入海。这些明喻减轻了我的痛苦，有效地安慰了我。我只忧伤在一个时候，就是当我想到言词一定会消灭，如一切凡界的东西；最完美的隐喻一定会忘掉，在人类化为尘埃的一天。

"可是'遗忘'的'邪恶'盲目地散播她的罂粟。"

在一把伞底下

从我的伞顶底下我看见洗过的铺道在我的脚底下溜过去，新闻广告纸溅污了躺在交叉路口，公共汽车的轮辙在泥浆里。我在这个阴郁的湿世界里走向前去。我还要经多少次雨，多少年，匆匆地走在湿街上呢——中年了吧，于是，也许很老了吧？而且为了什么事呢？

自己问着这种不愉快的问题,我从你,读者的眼前,消失到远处去了,迎风侧下了我的伞。

注释:
1 作者的《小品》(*Trivia*)初版于 1907 年,后又出《小品续集》(*More Trivia*),最后于 1933 年合印《小品全集》(*All Trivia*)。

《小哲学家自白》九章[1]

〔西班牙〕阿索林

一 "阿索林是古怪的"

听主妇对我说:"把你的帽子放开吧。"我觉得窘极了。我把它放到什么地方去呢?我怎样把它放开呢?我笔直地坐在一张靠椅的极边上;把手杖搁在两腿间,帽子搁在膝头上。怎样把它放开呢?放到什么地方去呢?墙上我看见他们的女儿所画的花卉画;天花板上装点着蓝云,云间有一些燕子在飞。我在椅上稍微扭动了一下,回答主妇的一句话:"今年真是热。"于是,谈话中止了,我就观察陈设。现在有一种可怕的思绪使我不安了:这些嚣张的新陈设品对称地安排着——或者,更糟了,故意不对称地安排着——这些从劝业场或是古董铺里挑来的陈设品,我当然不愿意人家要我批评。我想得出来什么话来说呢,对于这些触目的叠椅,椅背倒装,漆白垩,仿螺钿纹,没有一个高雅的房间不会有的?我作何感想呢,对于壁炉檐上的花瓶以及瓷器上的小画?主人打破了沉默,问我对于最近的危机有什么意见;我抓住了他的话头,好像一个沉溺的人抓住了一根稻草,希望得救,因为内心的纠葛正在拖我下去呢；可是我发觉我对于最近的危机没有什么意见。

接着又是一段长时间的沉默。延续下去的时候，我尽摸手杖的柄。临了主妇不相干地拉扯了几句，我又是唯唯诺诺地漫应几声。

为什么我要作这些拜访呢？不，不，这些童年的感觉在我是太亲切了。我从不曾有过拜访的念头，在那些天花板上画燕子的房间里我不能作任何感想，对那些人我也想不出什么话来回答他们的谈论。而这就是为什么，一听人告诉他们说我是很聪明的——这一点我不相信——他们客气地表示同意，摇摇头，加上一句："是的，是的；可是阿索林是古怪的。"

二　孤独者

他住在我们的对门，是一个好清洁、不爱说话的人，常带着两条狗，主要的乐趣是在于种许多树。……每日，在一定的时间，他坐在俱乐部花园里，有几分忧郁，有几分厌倦；过了一会儿他开始吹吹哨子玩。于是一桩奇事发生了：园林里所有的小鸟全高兴地加入了，大家啭着，大家唱着；他走来走去，把他带在口袋里的面包屑给它们撒一些。他全认识：小鸟，两条平静的灵猩，树，就是他所有的朋友了；他用名字来称呼小鸟，当它们在细沙上扑来扑去的时候；很亲爱的他怪这一只昨天没有来，欢迎那一只今天第一次来。等它们都吃完了，慢慢地走开，背后跟着两条沉默的大狗。

他在城里做了许多好事；可是人是又无常又不仁。有一天，因为他们的忘恩负义而厌恶，而气忿，他下乡去了。现在他再也不进城一步，再也不与人来往；他过一种索居的生活，一手经营了、亲自照料着几座茂密的园亭。为的怕这太脆弱，不合他住，他筑了一所小屋在山顶上，预备在那儿等死。

那么你要说了："这个人用他的全力来厌弃人生。"不，不；这个人并没有失去希望。每日有报纸从城里送给他，我记得。而这些日报正是一线光明，它们做成了一个脆弱的爱结，这个东西就是那些最讨厌人类的人也会保持的，而且因此他们才会在地面上生存呢。

三 "晚了"

常常地，每逢我回家，碰到家里人都吃完了晚饭已经有一个钟头或是半个钟头了，我就挨骂，因为"晚了"。在乡下小城里实在有太多的时间，无穷尽的虚日，大家不知道干什么好，然而，总是晚了。

为什么晚了？凭什么说晚了？我们有什么了不得的大事要实践，用得着计较，一分钟也不放松？有什么隐秘的定数压在我们的头上，使我们不得不一分一秒地数时刻，在这些静止的、灰暗的乡下小城里？我不知道；可是我可以告诉你，这种总是晚了的观念就是我一生中基本的观念；不要笑。如果我回头看看，我可以看出：就因为有这种观念，所以我才有这种不可解的悬虑，这种对于我所不知道的东西的渴望，这种狂热，这种不安定，这种一代代连续下来的东西所给我的牵挂，又可怕又恼人。

且让我问一句，虽然我自己在这一点上并不曾吃过大亏，你可知道虐待小孩子是怎么一回事？你的暴行第一次弄得一个小孩子流眼泪的时候，你就叫他尝到忿怒、悲哀、嫉妒、仇怨以及虚伪的滋味了。而这些眼泪也就永远抹去了他所见到的人生的笑容，渐渐地，无法挽救地融去了那种隐秘的、不可名状的感通，二者间该有这种感通的，既然一方面人家带我们到世上来，一方面我们亲爱的来延续人家的个性、人家的观念。

四　上书院去的路

葡萄藤的卷须转黄，灰暗的秋天的黄昏近了，我的忧郁也随着浓了起来，因为我知道已经到上学去的时候了。我第一次作这种旅行才八岁。我们从莫诺瓦乘车往叶克拉，走下山谷来，爬上山头去；我们带着干粮在身边：一张烙饼，几块炸肉片，一些腊肠。

当这个愁惨的日子一天天近了，我看到我的衬衫整理好了，被单、枕套、手巾、食巾烫好了。……于是，在我出发的前一天，一只有粗皮盖的箱子从阁楼上搬下来了，我的母亲把我的衣服装在里面，很仔细。我也得提起那套银食器；现在我有时候沉思地望着食器架，看到那上面放着那一套服侍我八年、如今破旧了的银食器；我一看到它们总觉得有一股真情涌上心来了。

从莫诺瓦到叶克拉是六个或八个钟头的路程。东天发白我们就动身，下午很早就到了。马车颠簸在崎岖的石道上；我们有时候歇一歇，在道旁的橄榄树底下吃一点点心。想起来也觉得十分可喜的，我记得清清楚楚，怎样从半路上高处一个石凹里，望过一片暗沉沉的牧野去，就可以隐约地看到高楼的白尖顶，新教堂的大圆顶闪耀在太阳光里。

于是，一种说不出的难过袭来了；我觉得好像已经被一把拖出了乐园的欢悦，扔进了一个地洞的黑暗了。我记得有一次我怎样想逃走；那个老仆人现在还常常笑我呢，当他告诉我这个故事的时候。我跳下马车，逃过田野去；他捉住了我，哈哈大笑说："不，不，安托尼奥，我们一定得上叶克拉！"

可是的确我们到底不得不上叶克拉：马车向前走去了，我又进了那个阴森的夜城，我又看到自己无法挽救地成为了一条没有头的链子的一节，闲步在走廊上，或是，不作声也不动，坐在课堂里一张长椅上。

五　卡乐思神父

我进书院后第一个见到有学者风的牧师是卡乐思·拉沙耳特神父，那个有学问的考古家。他还给我留下了一些很愉快、很亲切的回忆。他很老，很瘦，有一副端正的面貌，一对灵活的、聪明的眼睛；他常常在阔廊下踱来踱去，步子很小；他的一举一动都显得说不出的文雅。他眼睛的一闪中，他声音的一转中，似乎都有些东西——后来，过了许多时候，我留意观察他的时候，我清清楚楚地看出了这一点——一种忧郁的气色，它甚至于能镇静最会闹的孩子，使他们在他身边怅然若失，帖然就范。仿佛命运有意要在人生的门口就碰见许多悲伤的、消沉的、顺从的人。……

当卡乐思·拉沙耳特神父在院长室里见我的时候，他握了我的手，拉我到他身边去；于是他把手搁在我头上，我不知道他那时候说些什么，可是我现在还可以看到他含笑地低着头，用澄清的、忧郁的眼睛来看我。后来我常常从远处看他，私心敬佩，每逢他悄悄地走过大厅，脚上穿着苎麻底的鞋子，头低到一本书上。

可是拉沙耳特神父并没有在书院里待多久。他走后，留下的只是一些埃及的石像，生硬，对称，饶有古风，是他当年发掘圣多斯山地时期发现的。大概他那个怀乡病的灵魂在复现古代中找到消愁之道吧，在那些悲哀的、石头的教士和哲学家中认得出一代代从嘲讽和希望中混过来的他那些弟兄们吧。

六　叶克拉

"叶克拉，"有一位小说家说过，"是一个消沉的城。"这是真的；我的心境就养成在这个城里。它有宽阔的街道，两旁排列着肮脏的房子或是颓圮的废址；城的一部分坐落在一座童山的脚上；一部分展开到一小片田野上，一色青青，无非叫那一片平阳、灰色嵌橄榄色的种地更显得荒凉罢了。

城里有十座或是十二座教堂；钟声什么时候都会响；劳动者戴着棕色的帽子走过去，虔信的妇女来往不绝。每过一忽儿就有一个愁容满面的人从街上跑过，一路摇铃报告我们的邻人中有一个死了。

一到复活节前一星期，这种忧郁的遗传便达到极顶了；一大队一大队的人，穿着连头巾的黑袍子、黄袍子、栗色的袍子，整列而行，抬着许多流血的基督、悲苦的圣处女；喇叭的嗄声在远处哀号，钟声徐鸣；各处教堂里都有一个大十字架，两边点四支蜡烛，伸出伤惨的两臂，掩到石板的上方，在本堂的黑暗中，虔信的妇女悲叹，哭泣，吻那双被钉子穿透的脚。

这种忧郁，在一个冬天特别冷、食物少、房子没有顶的破城里，一世纪一世纪地承继下来，仿佛已经成为了一种悠久的陈金，一种参不透的氛围，包含了痛苦、任纵、缄默、对于生命颤动力难堪的弃绝。

七　读书的嗜好

一会儿以前教师出去了；人生乐事中什么也比不上这些短促的、快意的喘息时间了，要知道我们这一群孩子，尽让那个讨厌的家伙看牢了，屏息静气，一动也不动，呆坐在长凳上，正难为他这一走呵。绝对服从的姿态、极力约束的举动以后，接上来了自由行动，狂跳乱舞，眉开眼笑。死板的呆定以后，接上来了生命力，丰满而活跃。这种生命力，在这儿，在我们之间，在这个照着太阳光的教室里，在这一刻教师不在的机会中，就表现在爬凳子，拍桌子，发疯一样地从这一边跑到那一边。

可是不管怎样，我总是不跑，不叫，也不敲；我入了一种迷。我的迷就是一心看我带在口袋里的一本小书告诉我什么东西。我不记得谁送我这本书的，也不记得什么时候开始读它的；可是我知道得清清楚楚，这本书使我极感兴趣，因为它是讲的妖婆、妖法、神秘的魔术。它是黄面的吗？是的，是的，一点也不错；这个细节还没有溜出我的脑子呢。

而这也是事实，在孩子们闹得天翻地覆的扰攘中，我打开小书，开始读起来了；我从不曾经历过一种快乐，如我读这本书所经历的一样深、一样切、一样纯粹。突然间，在我出神的时候，我觉得一只手粗野地一把抓到书上来了；我张起眼睛来一看，扰攘已经平息了，教师把我的宝贝抢去了。

我不说我的苦恼，也不想夸张这个印象——一种永远抹不掉的印象，这样一种从快乐到痛苦的突变，如何深切地刻在一个孩子的心上。

八　早催人

逢到我偶尔在舅父安托尼奥家里过夜，我照例如此，如果是一个节日的前晚，大清早——那些漫长的冬天的黎明——我常常听到"早催人"的歌。所谓"早催人"，就是组织念珠祈祷兄弟会的乡下人，大家这样叫罢了。我不知道那支凄婉的、哀求的、单调的曲子到底是谁谱的：听说是一位有点儿疯的音乐家的作品。……

常常是，听到它的时候，我正蜷缩在床上有点儿粗糙的白纱被窝里；我常睡在客厅里；壁炉檐上边挂一幅大画，画的基督在粗暴的大兵中；床是一张大木床，漆成绿色和黄色；我记得有一把水壶，常搁在角落里，老是空着。

起初我只听到一阵遥远的嘈杂声，像一群飞虫的营营声，夹着一只铃的叮叮声；于是人声清晰地听到了；最后很近了，就在露台底下，歌唱队突然发出宏大的歌声来，哀求的，凄恻的，颤抖的：

> 别丢下我们吧，圣母玛利亚，
> 愿大慈大悲，垂怜我们啊。……

他们满腔热忱，唱得出神了。我听着，激动到深心里了，听了这种熬煎的音乐；发泄野蛮的悲哀的音乐，一位有点儿疯的神秘音乐家的作品。

我听到它在那儿，在我的窗下响一会儿，于是，慢慢地，它消隐到远处去，一直到变得只是一缕细细的、不容易听出来的悲鸣。

过了一会儿，隔壁铁匠铺子里的铁锤开始在铁砧上闹起来了；他们正在给星期六乡下人带来的犁头打磨锋口。再过一会儿，一片隐约不定的苍白开始在窗口露出来了。

九　三宝盒

如果人家要我把童年时在那些阴沉黯淡的城市里所有的感触概括地叙述一遍，我一时总不能置答。我一定只写下三句话：

"多晚了！"

"我们可以干什么呢？"

"现在他就要死了！"

这三句话在读者看来会觉得生疏吧；可是实在一点也不奇怪；它们把西班牙民族的心理概括住了；它们表明了听天由命、悲哀、逆来顺受、令人寒心的死感。我绝不想创任何笼统的哲学；我不喜欢学说与学理，因为我知道我所不知道的情形会改变事件的趋势；或者，比我见解高深的人也许会从我所搜集的事实中推出旁的定律与结论，和我所推出的大不相同。我绝不想建立任何含糊的哲学：不如让我们各自从事实中看出各自的观念吧。可是就我个人而论，我相信我们民族的忧郁——如巴尔达沙·格拉辛（Baltasar Gracian）所指出——是我们干枯了的乡土的一种产物；相信死感是忧郁的一种直接的、不可免的结果。而这种感觉，这种死感呢，正统治着每一个西班牙乡下的城镇，用了专且横的威权。小时候，我常听人说一个邻居或是一个朋友病了；说话的人或是听话的人就迟疑了一下，于是说：

"现在他就要死了！"

这就是三句老话之一，三只神秘的打不开的宝盒之一；我们民族的心灵就锁在这三件东西里。

注释：
1 这九章出自作者的自传体小说《小哲学家自白》（*Les Confessiones de un Pequeño Filósofo*，1904），出书后作者本名"何瑟·马丁内兹·路易士"反而少为人知了。据美国《日晷》（*The Dial*）杂志英译文转译。

小说

爱芙林[1]

———————————————— 〔爱尔兰〕詹姆士·乔伊斯

她坐在窗口看暮色侵入林荫路，她的头靠着窗幔，她的鼻腔里有尘染的印花布的气味。她是疲倦了。

很少人走过。从最后那所房子里走出来的人走过了，正在回家去；她听见他的脚步声沿着水泥的人行道托托地响去，接着就在那所新造的红房子前面的煤渣路上沙沙地响了。从前那儿有一块场地，他们每晚同人家的孩子们在那儿玩耍。后来有一个从贝尔法斯特来的人买下了那块场地，在那儿造了房子——并不像他们那些棕色的小房子，而是鲜明的砖房子，上面有发亮的屋顶。从前林荫路一带的孩子们常常在那块场地上一块儿玩耍——德文家、瓦透家、邓家的孩子们，跛脚的小基奥，她同她的弟兄和姊妹。厄奈思却从来不玩的：他太大了。她的父亲常常用他的黑荆树手杖把他们从那块场地上赶出去；常常由小基奥望风，当他看见她的父亲来的时候便吆喝一声。可是那时候总仿佛很幸福。她的父亲那时候还不怎么坏，而且她的母亲还在。那是在很久以前了，她同她的弟兄和姊妹都长大了，她的母亲是死了，小邓也死了,瓦透家已经搬回英国去了。一切都变了。现在她也要像人家一样地走了,离家了。

家!她向房间里巡视,把熟稔的东西都检阅一下,她曾经把那些东西每星期拂拭一次,拂拭了那么些年了,老觉得奇怪:尘沙到底从哪儿来的。也许她永远也不再看见那些熟稔的东西了,从前却从不曾梦想到将来会同它们分离啊。可是她在那许多年中从不曾寻究出那张发黄的照片上那位牧师的名字,尽看它挂在那架破旧的小风琴上边的墙上,傍着那张彩印的对玛格利·亚拉科克(Margaret Alacoque)圣女许下的愿书,他是她的父亲的学友。每逢他指点那张照片给来客看的时候,她的父亲常常是随便凑一句:

"他现在是在墨尔本了。"

她已经同意走了,离家了。这个办法到底好不好?她把这个问题从各方面来考虑。在家里究竟有屋子住,有饭吃;周围有她一向认识的人。自然,她总得辛苦的,在家务上,也在职业上。当他们发觉她跟一个汉子逃走了,他们在合作社里会怎样说她呢?说她是一个傻子,也许;她的位置会登广告招人来补的吧。嘉凡小姐可乐了。她总有意激恼她,尤其是每逢有人在听着的时候。

"希耳小姐,你没看见这些女士们在等着吗?"

"别那么愁眉苦脸吧,希耳小姐,我请你。"

离开合作社,她不会掉多少眼泪的。

可是在她的新家里,在远方一个不熟悉的国度里,就不会有这样的情形了。那时候他要结婚了——同她,爱芙林。那时候人家要尊敬她了。就是现在,虽然她已经过了十九岁了,她有时候还觉得有身受父亲虐待的危险。她知道就是这个使她心悸的。当他们长大起来的时候,他从不曾打骂过她,像他常常打骂哈利和厄奈思一样,因为她是女孩子;可近来他开始威吓她,说他要怎样对付她,要不是看在她那个亡母的面上。现在她是没有人保护了。厄奈思已经死了,哈利做了装饰教堂的事情,差不多总在乡下什么地方。而且,每星期六晚上为了钱项照例的争吵也使她感觉到说不出的烦腻了。她总把她挣得的薪水——七个先令——全数拿出来,哈利能寄多少总寄多少出来,可是要向她的父亲拿一点钱就麻烦了。他说她常常浪费钱,说她没有头脑,说他不愿意把他辛辛苦苦挣得的钱给她扔在街上,还有许多许多,因为他到星期六晚上脾气往往来得坏一点。最后他常常把钱给她了,问她想不想办些星期日的饭菜。于是她就得赶快冲出去买东西,紧紧地把她的黑皮钱袋捏在手里,一边在人丛里往前挤去,很晚了才回家,带了大堆的食物。她很辛苦地料理家务，照应两个归她管的年幼的孩子按时上学，按时吃饭。这是辛苦的工作——辛苦的生活——可是现在眼看要同它分离了，她却并不觉得那是全然要不得的生活呢。

她要同弗朗克去探索另一种生活了。弗朗克是很和善的，有丈夫气的，坦白的。她得乘夜班船走，做他的妻室，同他住在布宜诺斯艾利斯，那儿他有一个家在等着她。她第一次见他的情形她记得多么清楚啊，他那时正寄住在大街上她常到的一所房子里。似乎是不多几个星期以前的事情。他正站在大门口，他的尖顶帽子耸立在脑后，他的头发向前掩到一个紫铜色的脸上。于是他们成为相识了。他每晚在合作社外边会她，送她回家。他带她看《波希米女子》，她很得意，当她同他坐在戏院里一个她不大熟悉的地方。他非常爱好音乐，也会唱一点儿。人家知道他们是在通殷勤了，他唱到那个女孩子爱一个水手的时候，她总觉得心里愉快地乱着。他常常开玩笑地叫她"宝贝"。最初，结识了一个男人在她是一件很兴奋的事情，后来她渐渐喜欢他了。他有许多关于远方各国的故事，他起初在亚兰公司一艘开往加拿大的船上当一个茶房，一镑钱一月。他对她说起他曾经在上面做过事的许多船的名字，各种职位的名字。他曾经航过麦哲伦海峡，他给她讲许多关于可怕的巴答哥尼亚（Patagonia）人的故事。他已经在布宜诺斯艾利斯安顿下来了,他说,又说他来故国无非是过一个假期罢了。自然,她的父亲已经看穿了底细,不许她睬他。

"我知道这些水手小子。"他说。

有一天他同弗朗克闹起来了,以后她得秘密地会她的情人。

林荫路上的暮色深了。她膝上两封信的白色变得模糊了。一封信是给哈利的,还有一封信给她的父亲。厄奈思原是她最中意的,可是她也喜欢哈利。她的父亲最近老起来了,她注意到;他会想念她。有时候他倒也怪有趣呢。不久以前,她病了,一天没有起床,他给她念一篇鬼怪的故事,给她在炉火上烤面包。还有一天,那时候她的母亲还在,他们全家到赫斯(Howth)山去野宴。她记得她的父亲戴了母亲的帽子逗孩子们发笑。

她的时间已经迫近了,可是她还是坐在窗口,头靠着窗幔,呼吸尘染的印花布的气息。远远地在林荫路那头她听到有人玩手摇琴,她懂得那支曲子。奇怪的是它偏在这一晚来提醒她给母亲的约言,她答应管家,说是能维持总维持下去呢。她记得母亲害病的最后一夜;她仿佛又在门厅那边那一个紧密的黑暗的房间里,她听见外面有一支忧郁的意大利曲

子。后来玩手摇琴的被打发走了,给了六个便士。她记得她的父亲大踏步走回病室里来说:

"倒霉的意大利人!到这儿来啦!"

她沉思的时候,她母亲一生的可怜的幻象打动了她的深心——那一生平庸的牺牲,疯癫的结局。她颤抖起来了,当她又听到她母亲的声音,痴痴地重复着说:

"Derevaun Seraun! Derevaun Seraun!"[2]

她突然怕得站了起来,逃走!她一定要逃走!弗朗克会救她。他会给她生命,也许还有爱情。她要生活。为什么她不该有幸福?她有求幸福的权利。弗朗克会挽她在臂弯里,抱她在臂弯里。他会救她。

……………

她站在北城车站上涌来涌去的人丛里。他握着她的手,她知道他是在对她讲话,把船钱什么的事情说了又说。站上满是兵士,带了棕色的行李。从铁棚宽大的门里她瞥见那艘船的一大堆黑影,碇泊在码头旁,亮起了许多舷窗。她一句话也不回答。她觉得她的面颊又苍白又冷,从苦恼的云雾里祈祷上帝引导她,指示她什么是她的本分。船向雾中发出一声漫长的愁惨的汽笛声。如果她走呢,明天她要同弗朗克一块儿在海上了,开到布宜诺斯艾利斯去了。他们的船票已经买好了。在他给她把一切办好以后,她还能罢手吗?她的苦恼引起了心上的作呕,她不断地搬动嘴唇,沉默中热切地祈祷着。

一阵铃声响在她的心上。她觉得他抓住了她的手:

"来吧!"

世界上所有的海全在她的心上翻滚。他正把她拉进海里去:他要把她淹死了。她用两手抓住了铁栏杆。

"来吧!"

不!不!不!这是不可能的。她发疯似的揪住了铁栏杆。在翻滚的海里她发出一声惨痛的呼号。

"爱芙林!爱薇!"

他冲到栏杆那一边去,叫她跟他走,人家吆喝他快走,可是他仍然叫她。她用苍白的面孔向着他,被动地,像一只无告的小兽。她的眼睛不给他看出一点爱恋,或辞别,或认识的表情。

注释:

1 本篇译自作者的短篇小说集《都柏林人》(*Dubliners*,初版于 1914 年)。
2 原文为盖尔语(Gaelic,爱尔兰人用语),但查不出意义,可能就是病人的疯话。

在果园里[1]

〔英〕维吉妮亚·伍尔孚

米兰达睡在果园里，躺在苹果树底下一张长椅上。她的书已经掉在草里，她的手指似乎还指着那句"Ce pays est vraiment un des coins du monde où le rire des filles éclate le mieux…"[2]，仿佛她就在那儿睡着了。她手指上的猫眼石发绿，发玫瑰红，又发橘黄，当阳光，滤过苹果树，照到它们的时候。于是，微风一吹，她的紫衣起涟漪，像一朵花依附在茎上。草点头。一只白蝴蝶就在她的脸上扑来扑去。

她头上四英尺高的空中挂着苹果。突然发一阵清越的喧响，仿佛是一些破铜锣打得又猛，又乱，又野蛮。这不过是正在合诵乘数表的学童，被教师喝住了，斥骂了一顿，又开始诵乘数表了。可是这个喧响经过米兰达头上四英尺高的地方，穿过苹果树枝间，撞到牧牛人的小孩子，他在该上学的时候正在摘篱笆上的黑莓，使他的拇指在棘刺上被刺破了。

接着有一声孤寂的号叫——悲哀，有人性，野蛮。老巴斯蕾，真的，是泥醉了。

于是苹果树顶上的叶子，平得像小鱼抵住了蓝天，离地三十英尺,发一阵凄凉愁惨的音调。这是教堂里的风琴奏"古今赞美歌"的一曲。声音飘出来,被一群在什么地方飞得极快的鸦鸟切碎了。米兰达睡在三十英尺之下。

于是在苹果树和梨树顶上,离睡在果园里的米兰达三十英尺高的地方,钟声得得,间歇地,迟钝地,教训地,因为教区里六个穷女人产后上教堂感恩,教区长谢天。

再上去一点,教堂塔顶上的金羽,尖声一叫,从南转东了。风转向了。它嗡嗡地响在旁的一切之上,下临树林、草场、丘陵,离睡在果园里的米兰达多少英里。它刮向前去,无目,无脑,遇不着任何能阻挡它的东西,直到转动了一下,它又转向南了。多少英里之下,在一个像针眼一般大的地方,米兰达直站起来,大声地嚷:"噢,我喝茶去怕太晚了!"

米兰达睡在果园里——或者她没有睡着,因为她的嘴唇很轻微地动着,仿佛正在说:"Ce pays est vraiment un des coins du monde… où le rire des filles… éclate… éclate… éclate…"于是她微笑,让她的身体尽全重量垂到大地上,大地举起来,她想,把我驮在它的背上,像一片叶子,或是一个皇后(想到这儿的时候,孩子们正在诵乘数表),或者,米兰达继续想下去,我也许躺在一个崖石的顶上,海鸥在我的头上叫。它们飞得越高，她继续想下去，当教师斥骂孩子们，打真麦直打到指节出血，它们越是深深地看进海里去——看进海里去，她重复一下，她的手指松了，她的嘴唇轻轻地闭了，仿佛她漂在海上，于是，当醉汉的吆喝在头上响，她异常感奋地吸了一口气，因为她以为听到了生命喊出来了，从一张红嘴里的粗舌头，从风，从钟声，从甘蓝菜的曲线的绿叶。

很自然的她是在结婚了，当风琴奏"古今赞美歌"的一曲，于是，当钟鸣在六个穷女人产后上教堂以后，迟钝的间歇的得得声使她认为大地为马蹄声震动了，一匹马向她疾驰过来了（"啊，我只要等一等！"她叹息），她觉得什么东西都早已开始动了，嚷了，驰了，奔了，围绕她，越过她，接近她，成一种款式。

玛丽在劈柴，她想；披亚曼在放牛；大车从草场来；骑马人——她描出人、大车、鸟、骑马人在田野上做成的线来，直等到他们似乎被她自己的心跳赶出去，赶得转来转去，赶过去。

多少英里之上的空中，风转向了；教堂塔顶上的金羽叫了；米兰达跳起来嚷："噢，我喝茶去怕太晚了！"

米兰达睡在果园里,她睡着了,还是没有睡着呢?她的紫衣伸展在两株苹果树之间。果园里一共有二十四株树,有的微倾,有的一直长上去,远远地伸出树枝去,而且作成许多红的或是黄的圆滴。每株苹果树都有足够的地位。天空和树叶极相称。微风一吹,对墙的枝条微倾了,又回复了。一只鹡鸰从一角斜飞到一角。小心翼翼地,一只鸫鸟向一只落地的苹果跳去;从另一面墙上一只燕子贴草地扑来。树干的上冲被这些动作牵住了;全体被果园墙关得紧结在一起。多少英里之下地心是夹住在一起的;表面上因颤动的空气而起皱;横过果园的一角,青上划了一段紫线。风在转向,一球苹果摆得那么高,以至于抹去了草地上的两头牛("噢,我喝茶去怕太晚了!"米兰达嚷着),苹果又直挂过墙头了。

注释:
1 本篇译自英国托·斯·艾略特主编的《准绳》(*The Criterion*)文学杂志。
2 原为法文,译意:"此地实系世界上女子笑声最清脆之一隅。"

无话的戏剧[1]

〔法〕阿尔培·阿克雷芒

再没有哪个家庭比他们的更平静了。从他们住的房间上，从家具的安排上，从装饰品整齐的配置上，看得出他们生活有规律。

他们已经结婚了二十多年，看来很幸福。没有一点儿显赫的气派！他们生性怕热闹，喜欢严肃！

他们不掩藏一点儿怨恨，大家会退让几步，知道是少不了的，在共同生活中。他们商量的时候，是关怀的。他们讨论的时候，老是用一种声音的。

实在是，他们两个都很懦怯。

男的是小说家。他的名字，侣仙·瑞协，却从未超出过某种程度的声誉。但这样他已经满足了。如要财运亨通，著作风行，他就得常进沙龙，参与盛典；而他总不愿意去。谦虚极了！他的朋友们说。实在呢：缺少胆量！

每逢他回家的时候，他总要吻他女人的前额，对她说一句难得改变的话：

"我想，我不在家，你不至于太寂寞吧，我爱？……"

他所得到的差不多总是一样的回答：

"不。家里有这许多事情要做呢。可是见到你回来我当然很快乐……"

瑞协夫人此外还分去她丈夫的一部分工作，可是极有分寸。他按期在《大日报》上发表短篇小说，担任打字的是她。她把它们重抄，把它们装到信封里，把它们寄出去；这个卑微的工作已够叫她自信为助手了。

唉！她一点也想不到会有什么戏剧来威胁她。

怎么，五十岁年纪了，像侣仙·瑞协这样一个人，他也会叫一个不大相识的离了婚的女人弄糊涂了？然而事实是这样发生了。

这个离了婚的女人名叫奥尔丹西亚·巴莱思迦。生得漂亮，带一副女流氓的老脸皮，她来对付这个小说家了，他呢，接近她，心想如果有这样一个伴侣帮忙，他应有多大的事业了。

正因为他懦怯，她随意捉弄他。正如她不妨问他讨一个贵重的小东西，她问他讨一个日子跟她结婚。第一步他得离婚。啐！这是容易的小事情。结婚了整整二十三年，他的女人当然不再爱他了。他们在一块儿过活，说是为了感情不如说是为了习惯罢了。分离不会使人悲伤的。

奥尔丹西亚·巴莱思迦说话的时候用一种热烈的声音，用一种泰然的指挥人的口气。她完全征服了侣仙·瑞协，他虽然在回家的时候还是一样吻他女人的前额，对她说：

"我想，我不在家，你不至于太寂寞吧，我爱？……"

"不。家里有这许多事情要做呢。可是见到你回来我当然很快乐……"

晚上他思索实现他计划的方法了。很明白的，他不必像一个贼一样逃走的。为的要叫良心安静，他得相信他家庭的幸福已经成为一句空话，爱情已经没有了。为了这件事情他得干干脆脆谈判一下。只要事实认清了，分离自然会闯进来的。

对啦，可是怎么可以叫两个懦怯的人在一块儿干干脆脆谈判一下呢？

我们只要想起侣仙·瑞协是小说家，就不会怪他，在这种情形之下，从他的想像里找出一个新鲜办法了。

为的要向他的女人和盘托出他们相互间的处境，他写了一篇小说，用了想像的人物说明了他们的历史。为的一定要叫她了解，他此外还留心引几件琐事，十分真切，叫瑞协夫人看来不会猜不到这篇小说的深意。写到结局，他叫这一对夫妇离婚了，详述一番，说这个女人，没有爱情，走开了，不曾落泪，回到南方去，住下来，靠了足够的养老金，接近老家过着幸福的日子……

当他拿了这篇稿子叫瑞协夫人打字的时候，并非无动于衷。可是奥尔丹西亚·巴莱思迦一定快乐了。他赶快去把他的大事告诉她。

当他回家的时候，他想看他的女人怎样来接待他。

"我想，我不在家，你不至于太寂寞吧，我爱？……"他说，声音有点迟疑……

她回答他，和平时一样的镇静：

"不。家里有这许多事情要做呢。可是见到你回来我当然很快乐……"

难道她不了解吗？侣仙以为她把这篇小说留到明天抄了。他自己解释。这篇小说却早已被她用打字机打好，细心地重读过，寄给《大日报》去了。

为什么她不声张呢？她的缄默实在不可解。显然的，她也懦怯啊。可是现在处境已经露出狰狞的真面目了。问题只在作一个结论，一点也没有什么可怕的，他们似乎该说话了。困难却在于提起这个问题。啊，早已解决了！

等到小说发表了，侣仙·瑞协才得到了解释。他的女人已经把他的小说结局改过了。那一对夫妇还在进行离婚，出于男人的要求,女人呢,她结婚了二十三年,还把她的爱情保持得一尘不染,虽然她也许讲得不好,说是伤心死了。

这就是一个答复!

侣仙·瑞协了解了。就在那一天他跟那个不相识的女人断绝来往了。可是正如他的女人并不对他提起她那次偶然的合作,他从不对她说起他已经看过了那个新结局。世间有的是这种无话的戏剧!

"我想,我不在家,你不至于太寂寞吧,我爱?……"他问,只是比平常亲密一点儿,当他回家的时候。

"不。家里有这许多事情要做呢。可是见到你回来我当然很快乐……"他的女人回答他,一边向他伸出两臂来……

注释:
1 本篇译自法国《当代短篇小说选》(*Anthologie des Conteurs d' Aujourd' hui*),译文发表时,未注明原书出版社名和出版日期,现未查明,作者生卒亦不详。

窄门

〔法〕安德雷·纪德

新版译者序

自然界有淘汰的法则，人类社会也有，无可避免。然而也有些文学作品经得起这个无情的筛选过程，只要人类还没有最终消灭，尽管时明时晦，出头一时，淹没一时，（不在创作方式的因循、模仿上，而在自由阅读的欣赏、启发上，）却没有过时的问题。它们可以为各时代所用，尽可以为读者随心所欲而加以品评，牵强也好，附会也好，褒也罢，贬也罢，就是抹不杀。文学是人为的产品，一经问世，偏就不受人为的控制。文学作品总有一部分就是这样的"怪物"。安德雷·纪德所著的《窄门》，尽管规格小一点，也属于这类奇书，富有可塑性而不点头的"顽石"。

《窄门》原书初版于1909年，正在纪德创办具有过辉煌历史的《新法兰西评论》这个文学刊物的一年，经过时间的考验，在法国以至西方文学史上，毁誉由人，总是站住了脚跟。我这本译稿，1937年夏天，开始在雁荡山的灵峰寺，结束在全面抗战爆发的后几天，在上海法租界（当时一边听远处炮声，一边不时奔赴街头抢买报纸号外）。译本在抗战期间桂林的一家出版社出版过，从封面的庸俗设计到正文错乱排字，印得不堪入目；战后在1947年正式出版于上海文化生活出版社，一转眼至今也已是40年。多少变幻的风云过去了，如今严肃的读者，善于思考的有心人，读了这个重新修订的译本，按我的主观推测，总还是不能不有一些感受吧。

这是爱情小说，没有色情描写，也没有耸人听闻的噱头，但是其中的意义可以超出儿女情这一点表层。1946年，我到刚被"劫"收后的上海，为译本正式出版写序，随了介绍小说内容而发了一点含混其词的感慨。时过境迁，40年后，现在随校改旧译本而继续并修订以前的感慨，我又觉得另有一些话要说。

时代不同，社会思潮不同，中西地域风习文化的传统与背景不同，一部特定时空里产生的艺术成品，尽可以跨越到另一个特定时空，发生作用。这部中篇小说我看也可以作为一个佐证。宗教观念（不是说迷信劣根）普遍薄弱，我认为并非中国悠久文化思想的缺点，相反，正是长处。正因为不是当局者迷，我们对书中展示或揭露的平凡而乖戾的情事，不仅比著者自己和西方一般读者更感震惊，也比著者及其创造的小说主角更易超脱，更可引以为鉴。

中国的一种古老传统值得我们自豪：远在西方基督教兴起以前，古代民歌集《诗三百》以《关雎》篇列首，后世的迂儒解释为歌颂后、王之德，虽属歪曲，倒也表现了一点与基督教的扭曲思想截然的对立。奇怪，上帝创造世界，创造亚当与夏娃，一旦发现他们知道了男女事，构成人类的"原罪"，就把他们逐出了伊甸园。虔诚的凡胎俗骨就以"赎罪"为毕生的最高理想！西方人将近两千年以来竟以此为"文明"；这对于中国悠久的文化传统的主体说来，对于我们今日辩证唯物论和历史唯物论者说来，却是咄咄怪事。小说女主角阿丽莎，本来是那么可爱的姑娘，却正按此求"德"，折磨自己也折磨与她相爱的故事叙述者芥龙（沿用旧译音，若用汉语拼音说来较近原音一点，应为芥若姆——Jièruòmǔ，对应原文 Jérôme），逼他进"德"，变成了矫情的慈善庸人——可怜可气的婆娘，实在何苦！她在暗中（在日记里）表现的灵肉冲突，发出的绝叫，也就惨极人寰。这一切实际上都得怪这一对男女的天真、纯洁；要是在别些教徒的场合，特别在一些天主教徒的场合，倒是不成其为问题，他们太容易以岸然道貌掩盖酒色纵情了。

纪德借这对青年男女的痛苦，不由他自主，从同情而变成揭发和控诉，用了多大气力。他在小说出版 26 年后，又出版了散文诗式的随感录《新的食粮》。他在这本小书的开头部分，就一反阿丽莎所说"人不是为幸福而生的"，改说"人是为幸福而生的"，进而到最后部分宣扬求幸福不能剥夺别人的幸福，更由此而宣称信仰他实际上只是想当然的共产主义。

其实，这点进展早在出版《窄门》以前，在1897年出版的《尘世的食粮》里就露了苗头。纪德后来，即1927年，为这本散文诗式的随感集重版写序回忆说："当我写这部书的时候，文学界有一股非常强烈的造作和封闭的气息；我觉得迫切需要使文学重新接触大地，赤着脚随便踩在地上。"这种号召影响过当时一批作家，摆脱巴黎沙龙生活，出去，甚至到异域，充实经验，后来各有文学成就。纪德自己从1925年到1926年重去非洲，更深入到中部，目击了帝国主义殖民开拓的残酷现实，回来出版了《刚果纪行》和《乍得归来》，激扬了民族和社会的正义感，造成了有名的纪德"转向"的发端。到1932年，他便开始参加国际反法西斯运动。而在1936年发表《苏联回来》和次年发表《苏联回来补》招致"再转向"的非议以前，他以《新的食粮》反阿丽莎贬抑求幸福想法为开端而一度达到上旋弧线的最高点的轨迹，正为在先的小说《窄门》发挥了意义。

西方现代在灵肉冲突这一类问题上，早已随时代发展有了新的突破。只是这方面出现了另一个绝端，没有了理想（更无论解放全人类的理想），没有了信心，把男女交合变成了家常便饭以至连禽兽都不如，那又教我们怎样说呢？所谓资本主义的"异化"现象，也无可否认，波及了世界上许多自封或主观上认真要进行社会主义建设的国家，不容忽视。结果，天下滔滔，真如基督教《圣经》所说，"引到灭亡，那门是宽的，那路是大的，进去的人也多；引到永生，那门是窄的，路是小的，找着的人也少"，人欲横流，触目惊心。在我们国家今日开放、搞活的社会主义现代化进程中，也到处潜伏着更与封建残余思想相结合的陷阱，陋习猖狂，歪风时起，这也是一部分的现实。保持清醒，不迷恋死骨，不盲目崇洋而重温一下纪德在他这本小说里的进窄门悲剧，净化一番我们的感情以至思想，似乎倒又值得了。

40年前，我在上海为这个译本写序，有见于当时当地的形势，发了以偏概全的感慨，说我们的世界是演不了悲剧只能演惨剧的世界。我在1949年春从英国回到北平，目击祖国大陆即将全部解放，自己的观感当然也大有改变。谁想得到又经过17年的曲折，来了"文化大革命"的浩劫，广大人民所受的元气挫折、心灵创伤，恢复不易，社会上旧的后遗症未尽,又加了新的并发症?我为大局的近景和远景庆幸之余,又感到与40年前类似而不同性质的一点杞忧。我现在不免激赏纪德在这部小说里表现的认真精神,不限于爱情的范围或层次。不信神,不信鬼,不信天堂与地狱,我们也就不该有我们自己的道德、自己的理想吗?尽管本质上不同于西方资产阶级以至封建贵族阶级的"德行"观念之类,在好的方面,彼此还有一脉相通处、长远契合处,总还是说得过去吧?

当然,世界上一切事物都是矛盾对立体。纪德经常自道身上具有法国南部明朗气候和北部(诺曼底)阴沉气候所赋予的两种各有短长的气质,互相抵触,互相斗争。《窄门》故事本身(和他一生的其他作品,包括有些方面和《窄门》好像作对位音的《新的食粮》)就和盘托出了冲突的真情。但是矛盾斗争是进程,是现实;矛盾统一才是目的,才是理想,从一种角度看,可否这样说?

这本小书,修订了重新拿出来,希望给读者提供美学欣赏和艺术借鉴的同时,就马克思主义伦理学来说,也可以从正反面成为有益的读物。纪德在他最后一本正好出版在40年前的创作小书《特修斯》(题目是希腊传说中的英雄名,在法语里称特瑟——Thésée)最后部分总结自己的创作思想,就说了一句"我最大的力量就是相信进步"。

1986 年 10 月于北京

初版译者序

虚无地从人间圈出了一块禁地,称之以天堂一类的名字,把门收得不近人情的狭窄,而叫你拼命钻进去,名之为德行、修行,或别的什么——这是基督教或任何宗教的神圣悲剧。安德雷·纪德的这本爱情小说《窄门》,正就是昭示这一个悲剧的一星小小的火花。

本该是最自然不过的,芥龙与阿丽莎这一对彼此钟情的小儿女,由表姊弟而进为眷属。两人相异相吸,相同相通,互相合适(也许除了女的比男的大了两岁),而彼此又出于严肃的了解而互相接近。故事的开始差不多就在各自就要失去母亲的时候。那是两个极相反的母亲,芥龙的母亲不宜于穿鲜艳的衣服,正如阿丽莎的母亲不宜于穿黑。在阿丽莎的母亲就要跟人家跑了以前不久,芥龙决意一生都保护阿丽莎;在芥龙的母亲弃世以前不久,阿丽莎也知道芥龙需要从她得一点支撑。两人彼此相为而图完美,他们想穿着"白衣服,手挽手,望着同一个目标"而行进。他们高傲,不怕短暂的分离;他们自信,甘受任何种考验。他们实际上早就像订了婚了。

本该还是简单的,故事却复杂起来了,考验来了。阿丽莎发觉她的妹妹须丽叶也喜欢芥龙。这实际上又有什么呢?世界的千差万别中跟一个女子真正配合得来的一个男子,决不会跟别一个女子也真正配合得来的。若讲到关系最切的恋爱与结婚,在花样的配合中,合则留,不合则去,另求合者,实并无真正难处的地方。固然,芥龙和阿丽莎在一起往往拘束而不自然,反不如和须丽叶可以随便游玩。这却是因为芥龙爱阿丽莎爱得深而难免如此的仅是浮面的现象,一个阶段里或者不免的现象,并不足以说明了芥龙跟须丽叶结合会更为合适。可是阿丽莎不这么想,反以为自己跟芥龙的结合会把须丽叶的幸福剥夺了,于是课诸自己以自我牺牲。一点有差,全局顿非,须丽叶抢先牺牲,为了绝她姊姊转让她嫁给芥龙的痴想,她随便答应了她完全还没有看在眼里的一个男子的求婚。这可就无论如何也不能叫阿丽莎能再安于自己和芥龙的关系了。

一切都还可以很顺利的,经过了这一个波折。须丽叶结婚了以后,成了贤妻良母,与丈夫同过田园生活,倒还是很幸福,照一般的看法来用这个形容词。阿丽莎与芥龙的关系本该又可以一帆风顺下去了。殊不知这却又撩起了另一个波折。须丽叶得来全不费工夫的幸福，无须阿丽莎牺牲也可以得到的幸福，又叫阿丽莎不安。她又觉得希求的不是幸福而是向幸福的行进了。这又自苦而苦了芥龙，可是这在芥龙也正未尝不合适，他也早想过"达到幸福所需的努力反重于幸福本身"。在为幸福的德行中，阿丽莎又瞥见了"更好的东西"，把德行看作了目的。她怕爱情妨碍了进德，要离开芥龙而在神中会他，求所谓"圣洁"而"超越爱情"。这虽然仍旧使芥龙更在无可奈何中力求进德以配得上她，却也终使他精疲力竭而惋惜难堪的诗意消失，发觉所爱的现实人物竟变成了幽灵。风风雨雨，愈来愈别扭，终于叫一个潦倒一生，一个憔悴以死，在一个容不下两个人并肩而行的牛角尖里。

虽然，这里的一波又一波中也自有其必然性，并非出于偶然，悲剧已经潜伏在故事的开端。两个人的性格里显然都早具了两种相反的成分。我们不该用心理分析来硬把一副有机体拆穿或宁是支解。不过我们即从天生有宗教的热忱，又受清教徒教养的芥龙身上也显然看得出相当分量的"肉感"（sensuality）——倒置而见之于他很小就因看见美丽的舅母读诗而脸红，见之于他拼命逃去洗涤自己身上被她触摸过的地方。阿丽莎的"肉感"则在故事中表现的机会更不少了，看她到篇末述说的那天晚上她在芥龙走出去以后如何躺在沙发上，在灯罩的掩蔽下，凝看自己露在光亮里的脚尖，更不用提她在日记里赤裸裸的灵肉冲突中的绝叫了。他们都正像纪德自己，身上带了法国北部与南部天然环境所造成的两极端的倾向，只是纪德是非常自觉的，对于这一点。这一点的着重，实在出于宗教把灵肉分割的观念的操纵。纪德自己早年常津津乐道这种对立甚或冲突。这种对立甚或冲突的观念无形中扩大到一切领域而自炫其重要性。托·斯·艾略特最近还把这个对立甚至冲突的观念，不自觉地引用到文化问题上，而认为一种文化与另一种文化之间，该有点如夫妻之间的小小的勃豀。勃豀在夫妇生活的实际中间或难免，却并非理想的事情。摩擦也并非文化活跃或发达的必要条件。纪德到晚年才明白否定了消耗的斗争，宣扬了多样的成分才可以产生谐和，相反的正可以相成。他把《窄门》的悲剧只是消极地揭发了，到《新的食粮》时代他才把阿丽莎的"我们生来不是为的幸福"改成了"人是为幸福而生的"。到了那时候他也正像校正了阿丽莎似的说了要用自己幸福的榜样来教人幸福，虽然决不要剥夺人家的幸福。的确，幸福的满足并不如阿丽莎所想的必然会令人堕落。阿丽莎要把给芥龙的心分给穷人，最自然、最真挚的办法倒还是先给了或者同时给了他。给了他，那颗心不是就完了的，不是就真像可以用尺用斗来量似的，不够分配给另外人，而相反的只有扩大了。只是纪德在《新的食粮》里还是说"轻满足爱而重扩大爱"未免还有点离奇，爱的满足又何必与它的扩大抵触？——满足正就是扩大的一个先行的阶段而已。

阿丽莎与芥龙的悲剧一方面也就源于求进步的错误。阿丽莎早就说了纪德自己远在若干年后的《新的食粮》里说的，我们不能希求一种无进步的状态，喜悦或幸福，也该是进步的才对。阿丽莎的求进步却是出发于到了某种境界就觉得"够了，这已经够幸福了"，或者出发于怕达到了幸福便不再幸福了，因此她的求幸福进步就是无限的延宕幸福。她不知道把一段落的幸福当作踏脚石，一阶段的终点与下一阶段的出发点。前进的过程里自有阶段性的完满境界。发芽、开花、结果，又发芽、开花、结果，是自然的螺旋式的程序。芽不能超越了开花而结果，花不能超越了结果而发芽，果不能超越了发芽而开花。延宕则等于叫芽永远发芽，花永远开花，果永远结果。恋爱上歌德式的追求无尽，抓到了一个对象，不满足了，撇下了又追求一个，实在并非进步，因为还是停顿在第一个阶段上，爱情本身并没有在完满了以后也进了一步。超越了爱情，阿丽莎又何尝达到纯粹的圣洁，纪德自己直到晚年还没有摆脱这个略带毛病的超越观念，虽然他自己倒是"通过"来的，实际上。他喜欢叫青年一笔抹杀了过去，过去在现在与将来中的位置。这实在是忽略了传统的价值，缺少了历史的认识。修养里深为得力于传统，个人历史又最富有历史意义的纪德，竟时或表现了这种另一绝端的思想，似乎不能说出于自然，虽然他如此抱了自然史的人生观。

一切貌似对立的事物，灵与肉，心与物，美与善，群与己，……都相依为命，实是最自然的真谛；过去与将来，完满与发展，互相推移，实也是最自然的真谛；说来说去还无非说明了这句老生常谈"天行健，君子以自强不息"。这是天与人最自然的倾向，天人合一应是一条康庄大道，若不是人世的矫枉过正、日积月累地壅塞了它，而造成了今日的局势。如今，天下滔滔，"引到灭亡，那门是宽的，路是大的"，的确成了基督的说法。今日的世界简直证实了人世的出发点就是个错误。一个大悲剧里裹着一个大惨局。以西洋人为主的世界，尽管在背弃基督教，共同证实了基督教所判定的现世是一个罪恶的世界，而大家向毁灭迈进的壮烈，实在也多少起因于基督教的把人剖成两半，把一切都分成两半，教会了大家只看出两半之间的抵触、冲突的价值，再也拼不成整体。另一方面，就压在这个大悲剧底下，却也实现了与基督教的好处相反的错误：大家醉生梦死，浑浑噩噩，是非不分，善恶不明，现实到不抱任何主义（principle），貌似迟缓，实为激剧的，非常不名誉地落往可惨的结局。虽然如此，基督教或任何宗教的开倒车的办法，显然都不足以济世了，可是宗教的共同精神，不惑于一时的、短视所见的现实，而清醒地有所理想、有所超拔的精神，进窄门的精神，却也正是此世或可以得救所不可少的动力，不管我们用何种方法去救己救人而成己成人。

话又说回来，就借功利的说法，这本小说里的悲剧的光芒倒难道——不是为了场面的漂亮，而是为了正面的价值——不能叫演悲剧的世界有所警悟，而特别叫我们演惨剧的更有所激发吗？

卞之琳

上海，11月6日（1946）

附记：这部译稿于1937年夏天开始于雁荡山中，最后一小部分于8月间完成于上海炮声中，于李健吾先生家里，嗣后曾带到过成都和昆明，寄到过桂林，错误百出印成过书。今在滞沪途中，上星期校毕于北郊周煦良先生家中，此刻成序于西区王辛笛先生家中。译的时候我借用戴望舒先生原书，如今校的时候还是借用了他的那本。九年过眼，万里萦怀，我拿出这本稿子来对任何种牵涉都无限感激。

给 M. A. G

你们要努力进窄门。
　　　　——路加福音第十三章第二十四节

一

别人尽可以用这些素材来著书，可是我要在这里讲的故事，是我曾全力以赴的切身经历，而且在那上面用尽了我的德行。所以我要简简单单写我的回忆，倘若有些地方支离破碎呢，我也并不求助虚构来补缀它们，连接它们；我如要费力润饰它们，反而会妨碍我希望在讲它们的时候可以得到的最后一点欣慰。

我还不满十二岁，就失去了我的父亲。我的母亲，因为再不必留在勒阿弗尔，我的父亲行医所在的地方，决定来巴黎住，盼望我在这里可以更好完成我的学业。她在卢森堡公园附近，租了一小幢住房，阿什拜尔屯小姐和我们住在一起。弗罗拉·阿什拜尔屯小姐，早已经没有了家庭，起初当我母亲的家庭教师，然后变成了她的伴侣，不久便成了她的朋友。我当时就生活在这两位妇人的身边，她们同样地老带着温和与悲哀的神色，现在我只能想见她们服丧的样子了。有一天，我想，是在父亲死了许久以后吧，母亲把便帽的黑带子换成了绛带子。

"啊！妈妈，"我叫起来了，"这种颜色和你多么不合适！"

第二天她又换成了黑带子。

我身体很弱。我的母亲和阿什拜尔屯小姐，念念不忘当心我疲倦，如果她们的关怀没有把我养成了一个懒人，想必是多亏我生性真爱好用功吧。天气一好起来的时候，她们两个就以为我应该离开都市了，我在都市里脸色苍白了。到六月中旬，我们就上奉格瑟玛尔，在勒阿弗尔附近，我的舅父比柯兰每年夏天在那里接待我们。

立在一所不很大，不很美，与一般诺曼底园子没有什么大不同的园子里，比柯兰的家屋，白白的两层楼，很像前两世纪的许多别墅。房子向园子的前面，向东，开了二十来个大窗子，后边也有这许多，两旁却没有。窗子都镶了小块的玻璃，有些新换的，在旧的中间显得太亮了，旧的，在旁边，就显得又绿又暗。有的带一些瑕疵，我们的大人们管叫做"水泡"；从里面看出去，树变得扭歪了。邮差，在前面经过，突然长起了一个瘤。

园子，长方形，四周都围了墙。房子的前面是一块相当宽大，有阴凉的草地，绕以沙砾的小径。在这一面，墙低了一些；因此可以看见环绕园子的农场的院子。农场照乡下的惯例，界以山毛榉的林荫路。

在房子的后面，在西边，园子较为舒展。一条小径，杂花掩映得绚烂悦目的，傍近南边的树墙，由一厚层葡萄牙桂树和另外一些树挡住了海风。另一条小径，沿北边的墙脚，隐入枝丛。我的表姊妹们叫它做"暗径"，一到黄昏以后，就不轻易上那里去冒险了。这两条小径都直通几级下面承接花园的菜园。然后，在菜园的底里，一道秘密的小门，通到墙背后一丛矮树林，山毛榉的林荫路，从左从右，到那里终止了。站在西边的门阶上，可以从那一簇树林的梢头，望见高原，叹赏盖满那里的庄稼。在天际，不甚远，一个小村子的教堂；傍晚，空气澄静的时候，几家的炊烟。

每逢好天气的夏晚，到饭后，我们就下那个"低园"。我们走出那个秘密的小门，直走到林荫路上一条长椅的地方，从那里可以约略俯瞰田野的景色；靠近一个废泥灰坑的茅檐，我的舅父，我的母亲，和阿什拜尔屯小姐在那里坐下了；在我们的面前，小谷充满了雾霭，天色在远林的梢头，变成了金黄。然后我们在早已昏暗的园子的底里逗留一会儿。我们回来。我们在客厅里重见到我的舅母，她差不多从来不同我们出去的……在我们，小孩子们，晚上就这样完结了；可是往往我们还在我们的房间里读书呢，过了一会儿就听见我们的大人们上楼了。

白天，差不多所有的时候，我们若不在园子里，定在"课室"里，就是舅父的书斋里，那里给我们摆好了课桌。我的表弟罗伯和我并坐了用功；我们的后边，须丽叶和阿丽莎。阿丽莎比我大两岁，须丽叶小两岁，罗伯，在我们四人中，算最小。

我要在这里写的并不是我早年的回忆，而只是与这篇故事有关的一些事情。我的故事实在可以说，开始于我父亲死的那一年。也许是我的感受性——被我们的丧事刺激得太深了，若不是由于自己的悲伤，至少当由于看见了母亲的哀伤——为我预伏下新的感情吧：我过分地早熟了；那一年，我们重到奉格瑟玛尔的时候，须丽叶和罗伯显得与我相形之下愈加幼小，而一见阿丽莎，我就猛然觉得我们两个已经都不是小孩子了。

不错，就是我父亲死的那一年；证实我记得不错的，是我们刚到的时候，我母亲和阿什拜尔屯小姐的谈话。我意外地闯进了母亲和她的朋友谈话的房间：她们正在谈我的舅母。母亲气愤，怪她没有服丧，或早已除孝。（老实说，我无由想像出比柯兰舅母穿黑，正如我想像不出母亲穿鲜明的衣服。）我们到的那一天，就我记忆所及，侣西·比柯兰穿了一件罗纱服。阿什拜尔屯小姐，照例和和气气，竭力缓和我的母亲。她怯生生辩解：

"究竟，白的也算孝。"

"她披在肩上的那条红披巾，你也叫做'孝'吗？弗罗拉，你惹我气恼！"我的母亲直嚷起来了。

我只有在暑假里才看见我的舅母，显然是夏日的炎热使她穿起了轻飘的敞口大的胸衣，我一向见惯她就是这个样子；可是这一种露肩的样子，比她披在素肩上的披巾的鲜艳颜色，更叫我的母亲看不过去了。

侣西·比柯兰长得非常美，我还保存了她的一张小相片，可以看见她当时的样子，那么年轻的风韵，直叫人要把她当作她的女儿们的大姐姐，斜坐在那里，做她所习惯的姿态：头侧到左手上，小指向嘴唇弯去，一副娇憨的样子。一方空眼大的压发网挽住了半松在颈背上的大堆的鬓发；在胸衣的开领处，一条松松的黑丝绒颈带上挂着一个意大利嵌工的小金盒。黑丝绒腰带打着轻飘的大结子，阔边的软草帽用帽带吊在椅子的背后，一切都给她增加稚气的风采。右手，垂在一边，拿着一本阖好的书。

侣西·比柯兰是在美洲殖民地生的，她从来不知道或者老早就失去了父母。我的母亲后来告诉我说,她本来是服提叶牧师夫妇收养的弃儿或孤儿。他们那时候还没有子女。他们不久离开了马提尼克,把她带到了勒阿弗尔,那里就住了比柯兰家。服提叶家和比柯兰家常常来往;我的舅父当时在国外一家银行里供职,三年以后,回到老家的时候,他才看见了小侣西;他爱上了她,立即向她求婚,叫他的父母和我的母亲非常不高兴。侣西那时候才十六岁。其间,服提叶夫人生了两个孩子,她开始害怕这个抱来的姊姊对于他们有什么不良的影响,因为她的性格一个月一个月地愈来愈变得古怪了,而且他们的家计也不宽裕……这一切,我的母亲无非是讲来给我解释服提叶家乐得允许了她弟弟的请求。此外据我推测,年轻的侣西开始叫他们非常为难起来了。我相当熟悉勒阿弗尔的社会,很容易想像到人家怎样对付这个如此魅人的女孩子。服提叶牧师,我后来知道是和善谨慎而又浑朴,遇着纠葛不会应付,见恶就完全失措的——这位大好人一定弄到了没有法子。至于服提叶夫人呢,我不能说什么。她死于生产她的第四个孩子,那个孩子,差不多与我同年纪的,后来就做了我的朋友……

侣西·比柯兰与我们的生活甚少关涉;她不到午饭以后,不从她的房间里下来;她一下来就伸躺在一张沙发上,或者一张吊床上,直躺到晚上,才又懒洋洋地起来。她有时候用一方手绢掩在额上,仿佛是为的揩汗,虽然皮肤上干干净净;那方手绢,以它的精致,以它的气味,与其说是花香,毋宁说是果香的,颇使我惊讶。有时候她从腰带里掏出一个银滑盖的小镜子,与别的种种东西一块儿吊在表链上的;她照照自己,用一只手指碰碰嘴唇,蘸一点唾液,润润眼角。她常常拿一本书,可是一本差不多永远阖着的书;一片玳瑁裁纸刀老夹在书叶里。你走近她的时候,她不会从冥想中转出来看你。常常,从她不经意或者疲倦的手中,从沙发的靠背上或者从裙子的褶裥里,手绢掉地了,或者是书,或者一朵花,或者书签。有一天,拾起她的书——这里我给你讲的是一点孩子的记忆——看见是一本诗,我就脸红了。

晚上,吃过了饭,侣西·比柯兰不到我们家里人围聚的桌子这里来,而坐在钢琴那里,悠然地弹几支萧邦的慢调玛佐卡舞曲;有时候,切断了拍子,她一动也不动地停顿在一个和音上……

我在舅母的身边常感到一种奇异的不舒服,一种由羞窘、赞叹与恐惧而来的感觉。也许一种隐秘的本能使我对她先存偏见,其次我觉得她看不起弗罗拉·阿什拜尔屯和我的母亲,阿什拜尔屯小姐怕她,我的母亲不喜欢她。

侣西·比柯兰,我愿意不再怀恨你,愿意能忘记一下你做了多大的罪恶……至少我要想法不带了愤怒来讲你。

那一年夏天——或者第二年夏天吧,因为,在总是同样的背景里,我的重叠的记忆有时候互相混乱了——有一天,我走进客厅去找一本书,她正在那里。我正想立即退出来;她,照例似乎不看见我的,唤我了:

"为什么你走得这么快?芥龙!你怕我吗?"

心里直跳,我走近她去;勉强对她微笑,向她伸手。她把我的手揪在她的一只手里,用另一只手抚摩我的面颊。

"你的母亲给你穿得多么不像样,可怜的小东西!……"

我那时候穿了一种大领的海军服,我的舅母开始揉弄它。

"海军服的领子要再敞开些才好呀!"她一边说,一边解开我衬衣上的一个钮子。"得!瞧这样你不是好了一点吗!"于是,掏出她的小镜子,她把我的面孔向她的面孔拉过去,用她的裸臂拢我的颈脖,一只手伸进我敞开的衬衣里,一边笑一边问我发痒不发痒,更往下伸进去……我急得一跳,那么猛烈,把海军服给挣裂了,满面通红,任她嚷着:"嘿!小傻瓜!"

我逃走了，我直跑到园子的那头。那边，在菜园的小水池里，我浸一浸我的手绢，掩在额上，洗着，擦着我的面颊，我的颈脖，这位女人所碰到过的任何部分。

有些天，侣西·比柯兰"发作"起来了。那是突然间袭来的，把全家都闹一个翻。阿什拜尔屯小姐赶紧把孩子们领走，使他们分心；可是无法给他们塞住那些从寝室或从客厅发出来的可怕的号叫。我的舅父慌了；我们听见他在过道里，手忙脚乱，闯来闯去，找手巾，找香水，找麻醉剂；晚间，在食桌上，舅母还不能来，他带着忧虑和苍老的神色。

发作差不多完了的时候，侣西·比柯兰把她的孩子们叫到她的身边，至少是罗伯和须丽叶，从没有阿丽莎。每逢这种愁闷的日子，阿丽莎照例关在自己的房间里，有时候她的父亲到那里去找她；因为他常同她谈话。

那些发作很惊动仆人们。有一晚，发作得特别厉害，我跟母亲在一起，留在她房间里，那里比较不大觉察到客厅里的事情，忽听得厨娘在过道里一边跑一边喊叫：

"先生快下去，可怜的太太要死了！"

我的舅父本来到了阿丽莎的房间里；他下去的时候，我的母亲走出去会他。一刻钟后，他们两个不曾留意我还在的那个房间里，一经过敞开的窗前，我听见了母亲的声音：

"我对你说，喂：这一套，全是做戏。"一连好几次，一字一顿，"做——戏。"

这是正当暑假快完的时候，在我们遇丧以后的两年。我不再常见到我的舅母了。可是趁我还没有讲搅乱我们的家庭生活的这个不幸的事件，趁我还没有讲结局以前不久，使我对侣西·比柯兰所怀的复杂暧昧的感情一变而为纯粹的憎恶的那一个小小的事故，我该给你们讲我的表姊了。

阿丽莎好看不好看，我还不会看呢；把我牵引在她身边的，是另有一种魅力，不仅仅由于美貌。自然，她很像她的母亲；可是她眼睛的表情，截然不同，所以我到后来才看出这一点相似。我不会描写面孔，眉目都叫我抓不住，甚至于眼睛的颜色；我现在只记得她的微笑里早已有点含愁的表情，以及远离开眼睛，高举在上面，弯弯的一线眉毛。我在别处从没有见过这样的……不，我见过但丁时代的一尊佛罗伦司的雕像，我喜欢幻想琵亚特丽思小时候有她那样弯得很大的眉毛。它们给目光，给全生命，流露出一种又挂虑又信任的疑问，——不错，热情的疑问。她一身都只是疑问，都只是期待……我要对你们讲这种疑问怎样抓住了我，变成了我的生命。

然而须丽叶会显得更美，喜悦和健康给她加上了光辉；

可是她的美丽，比诸她的姊姊的优雅，总显得是外表的，一目了然的。至于我的表弟罗伯呢，显不出他有什么特色。他只是和我差不多年纪的一个孩子，我同须丽叶也同他玩；我同阿丽莎谈闲话，她不大参加我们的游戏；尽管向过去回溯到多么远，我只想见她的庄重、温柔的含笑、深思。——我们当时谈什么呢？两个孩子能谈什么呢？我就要想法给你们讲了；可是，为了以后不再讲我的舅母，让我先给你们讲完她的事情吧。

我父亲死后的两年，我的母亲和我上勒阿弗尔过复活假。我们不住在比柯兰家里，他们在城里的房子很小，我们住在我母亲的姊姊家里，她的房子比较大。朴兰提叶姨母，我难得有机会看见，已经孀居了多年了；我不大认识她的孩子们，他们年纪比我大得多，性情也和我很不相同，"朴兰提叶宅"勒阿弗尔人这样叫的，实在并不在城里，而是在俯瞰城市的那个叫做"坡头"的小山半腰里。比柯兰家住在闹市附近；有一条坡道，从这一家通到那一家，只消一忽儿工夫，我常常一天从那里爬上爬下好几次。

那一天，我在舅父家里吃午饭。饭后不久，他出去了；我陪他直到他的事务所，然后回朴兰提叶家去找我的母亲。到那里，我听说她同我的姨母出门了，要到吃晚饭才回家。

我马上又下到城里，我很少能自由到那里散步，我直走到港口，海雾把天笼罩得阴沉沉的；我在码头上溜达了一两个钟头。突然我转念撞回去惊一惊阿丽莎，虽然我刚离开她……我从市区内跑回去，到比柯兰家门口按铃；我一下子奔上楼梯。给我开门的女仆挡住我说：

"别上来，小先生！别上来！太太又发病。"

可是我溜过去了："我并不是来看我的舅母……"

阿丽莎的房间是在第三层楼。第一层，客厅和食堂；第二层，舅母的房间，那里正传来讲话的声音。我得经过的那个房门正开在那里；一道光从房间里穿出来，横截楼梯顶；怕被人看见，我踌躇了一下，我躲开，我大为愕然，看了这一场情景：窗帘都下着，可是两个烛架上的蜡烛放射着一片愉悦的光亮，房间的中央，我的舅母躺在一张长椅上；她的脚边，是罗伯和须丽叶；她的后边，穿中尉军服的一个陌生的年轻人。——那两个孩子也在场，如今我觉着实古怪；可是当时在我的年幼无知里，倒使我安了心。——他们一边笑一边看那个陌生人，他用细嗓子反复说：

"比柯兰！比柯兰……如果我有一只绵羊，我一定就叫它比柯兰。"

我的舅母也哈哈大笑了。我看见她递给年轻人一支烟卷，让他点了，接过来吸了几口。烟卷掉地了。他纵身去捡它，假装脚绊在一条披巾里，摔下去，跪在我的舅母面前……托福这一场可笑的把戏，我溜了过去，没有被看见。

现在我到了阿丽莎的门前了。我等了一会儿。笑声、欢噪声，从下层传上来；也许它们盖住了我的敲门声，因为我听不见回答。我推门，门无声地开了。房间里早已暗得我一下子辨不清阿丽莎；她是在她的床头，跪在那里，背朝了残留着余光的窗子。当我走近的时候她转过身来，然而没有站起来，低声说：

"噢！芥龙，为什么又来了？"

我低下身去抱她，她的脸上浸满了眼泪：

这一刻决定了我的一生，我直到如今记起来还不能无动于衷。无疑的，当时我实在不十分知道阿丽莎悲苦的原因，可是我透彻地感觉到，这一种悲苦，对于这个悸动的小灵魂，对于这个被哽咽摇撼得不能自持的纤弱的身体，太过于强烈了。

我站定在她的身边，她跪定在那里；我一点也不知道如何表白我心里这种新奇的感奋；可是我把她的头紧拢到我的心头，在她的额上紧贴我的嘴唇，从唇间流出了我的全灵魂。沉醉于爱,于怜,于热忱、牺牲、德行的一种分不清的混合感情,我以全力诉诸上帝,献身给他,不再能想到我此生能有别的什么目的,除了给这个孩子遮蔽恐惧,遮蔽苦难,遮蔽生活。我终于跪下了,满心祈祷的至诚;我把她回护到我的身边;蒙眬的我听见她说:

"芥龙!他们没有看见你,是不是?噢!快走,千万不要叫他们看见你。"

然后,声音更低了:

"芥龙,别告诉什么人……可怜的爸爸一点也不知道呢……"

所以我什么都没有告诉母亲;可是朴兰提叶姨母同她不断地窃窃私议,这两位妇人的神秘、有心事、发愁的神情,每见我在她们密谈的时候走近她们,就赶我说:"孩子,到别处玩去!"这种种都给我点明她们并非完全不知道比柯兰家里的秘密。

我们刚回到巴黎,一通电报把我的母亲招回勒阿弗尔去:我的舅母逃走了。

"同一个男人吗?"我问阿什拜尔屯小姐,母亲把我留在了她身边。

"孩子，你回头问你的母亲吧，我什么也不能回答你。"这位亲爱的老友说，那个事件弄得她目瞪口呆。

两天以后，她同我出发去会我的母亲了。那是礼拜六。我第二天可以在教堂里重见我表姊妹们了，只有这一点盘踞了我的心头；因为，我的孩子气想法很看重我们再会的这一点圣典，究竟，我对于舅母，满不在意，而且以不向母亲探听为荣。

那个小礼拜堂里，那一天早上，没有多少人。服提叶牧师，显然是存心的，把讲经的题目选定了基督这一句话："你们要努力进窄门。"

阿丽莎坐在我的前几排。我看见她的侧面，我一眼盯住了她，带了那样一种忘我的心情，我竟至于觉得我由她而听见我悉心倾听的这些话。——我的舅父坐在我母亲的旁边，在哭泣。

牧师先读了全节："你们要进窄门，因为引到灭亡，那门是宽的，那路是大的，进去的人也多；引到永生，那门是窄的，路是小的，找着的人也少。"然后，明细地把题目分成了几项，他先讲大路……出了神，如在梦中，我重见我的舅母的房间；我重见她躺着、笑着，我重见那位神采奕奕的军官也笑着：就是欢笑这一个观念也变成了一种冒犯、一种

125

凌辱，仿佛变成了罪孽的可憎的夸大！……

"进去的人也多。"服提叶牧师接下去；然后，他描写而我看见一群盛装的群众，欢笑着，喜滋滋地进行着，作成了行列，我觉得我不能，我不愿加入，因为我若同他们走一步，就远一步地离开了阿丽莎。——于是牧师又回到文本的开头，我也就看见我们得努力进的那个窄门了。我在我所沉入的梦里，想像它像一种压榨机，我用力钻进去，带了一种极度的痛苦，然而里面混合了一种天福的预感。而且这个门就变成了阿丽莎的房门；为了要进去，我压缩自己，出空自己身上所残存的一切自私心……"因为引到永生，那门是窄的。"服提叶牧师继续说——由此而超乎一切苦难、一切忧愁，我想像，我预感到纯净的、神秘的、圣洁的我的灵魂早已渴慕的另一种喜悦。我想像这一种喜悦像提琴的歌声，又尖锐又柔和，像锋利的烈焰，阿丽莎的心和我的心在那里融化了。我们两个一块儿向前走，穿了《启示录》里讲的白衣服，手挽手，望着同一个目标……如果这些孩子的梦令人微哂，于我有什么要紧！我只是复述它们，毫未加以更改。也许其中显得有一点含混，那只是在于言语，在于不完全的意象，不能把一种感情表现得很确切。

"找着的人也少。"服提叶牧师结束了。他解释怎样找窄门……很少人——我就要是他们中人……

到说教的终了,我已经达到了这样高的一种精神的紧张状态,以至于一等到礼毕,我就跑了,不想法去看我的表姊——出于高傲,早已想使我的决心(因为我已经下了)受考验,以为最配得上她莫如立刻离开她。

二

这种严格的教训使我的灵魂有了准备,自然而然急于尽义务,而且,我父母的榜样,如今在他们用来节制我心里最初冲动的清教徒训练以外,也锦上添花,把我引向了所谓"德行"。自我克制在我就如同自我放纵在别人一样的自然,我所身受的这一种严酷,并不叫我厌恶,反叫我欢喜。我向将来追求的,达到幸福所需的无限努力反重于幸福本身;我早已把幸福与德行混为一事了。自然,像一般十四岁小孩子一样,我还没有定型,还易屈易伸;可是不久我对阿丽莎的爱情使我断然向这方面突进了。内心里一种豁然的恍悟使我意识到了自己:我觉得自己收敛着,不甚开展,若有所待,不大关心别人,不怎样进取,不梦想什么胜利,除了对于自己的胜利。我喜欢读书;游戏之中,我只爱费心思、费力的游戏。我与我年龄相仿的同学们不大来往,我凑合他们的娱乐，仅出于亲善或殷勤。我却同阿培·服提叶要好，他在第二年到巴黎来跟我在一起，和我同班。他是一个可爱的懒散的孩子，我对他爱过于敬，可是我同他至少可以谈勒阿弗尔，谈奉格瑟玛尔，我的思绪老是向那里飞。

至于我的表弟罗伯·比柯兰，他已经上我们的学校做寄宿生，可是比我们低两班，我只有在礼拜天才会见他。如果他不是我表姊妹的弟弟，虽然不大像她们的，我就决不会有心看他了。

我那时候一心只想到我的爱情，借了它的照耀，这两方友谊对于我才有了几分重要性。阿丽莎好像福音书里给我讲的那颗宝贵的珍珠，我是卖了一切所有以求它的那个人。虽然我还只是一个小孩子，我讲爱情，而且把我对表姊所怀的感情称为爱情，可有什么不对吗？我嗣后所经验到的在我看来没有什么更配得上这个名字了——而且，等到年纪大到明确感到肉体的不安了，我的感情没有多大变质，我小时候只求配得上的那一位，我以后也从不曾想法直接占有她。工作、努力、虔敬的行为，我把这一切都神秘地献给阿丽莎，想出了一种过分讲究的德行，常常不使她知道我只为了她而做的事情。这样子我沉醉于一种强烈的谦逊，而且习惯了，不顾我的舒适，决不以任何不费力的事情为满足。

这种好胜心单激励我一个人吗？我以为阿丽莎不见得觉得出，不见得为了我的缘故或者为了我而做了什么，虽然我只为了她而努力。一切，在她无饰的灵魂里，都保持了最天然的美。她的德行保有了如许自在与娴雅，看起来是十足的优游，由于她那种孩子气的微笑，她那种庄重的目光是迷人的；我重见那种在如此温柔中含疑带问的目光举起来了，我明白了我的舅父，在他的烦扰中，如何从他的长女身边寻找了支持、劝言和安慰。常常，在当年夏天，我看见他同她谈话。他的悲苦使他老了许多；他吃饭的时候不大讲话，有时候猝然表示出一种勉强的快乐，比他的沉默更难堪。他成天在办公室里吸烟，直到向晚阿丽莎去找他为止；他要请了才出去；她把他像领一个小孩子一样地领到园子里。两个人一块儿，沿那条花径，走到下菜园的阶段附近的空地去坐下，我们已经在那里安置了几张椅子。

有一晚，我逗留在外边读书，躺在一棵紫色大山毛榉树荫底下的草地上，和花径只隔一层桂树篱，挡住了眼睛，却挡不住声音，我听见阿丽莎同我的舅父谈话。显然他们刚谈了罗伯；我的名字随由阿丽莎说出来了，我刚开始听清楚他们的话，我的舅父就感叹起来了：

"噢！他，他总爱用功。"

出于无心而听了，我想走开，至少做一点动静，让他们知道我在那里；可是怎么办？咳嗽吗？喊一声："我在这里啦？我听见你们了！"……然而我没有作声，并非由于想多听一点的好奇心，而是由于羞窘。而且，他们不过在那里经过，我只是很不完全地听见他们的话……可是他们走得很慢；显然，阿丽莎，照她平常的样子，挽了一只轻篮子，正在摘除枯萎的花，从树墙脚下捡起被常常袭来的海雾浸落的还没有熟的果子。我听见她清亮的声音：

"爸爸，巴利塞姑丈是一个不凡的人吗？"

舅父的声音低而含糊，我听不清他的回答；阿丽莎坚持着：

"很不凡吗，你说？"

又是太含糊的回答，然后阿丽莎又说：

"芥龙很聪明，是不是？"

我怎能不听呢……可是不，我什么也听不清。她接下去：

"你相信他会成一个不凡的人吗？"

到这里舅父的声音提高了：

"可是，孩子，我倒要先知道你说'不凡'是什么意思！一个人尽可以很不凡而不显出来，至少在人眼前……而在神眼前很不凡。"

"我说的就是这个意思。"阿丽莎说。

"而且……我们能知道吗？他还太年轻呢……唔，当然，他很有希望，可是这样还保不定成功……"

"还必须要什么呢？"

"可是，孩子，我能对你说什么呢？必须要信赖、依靠、爱情……"

"什么叫依靠？"阿丽莎打岔说。

"就是我所缺少的爱敬。"舅父凄然地回答。随后他们的声音终于听不见了。

晚祷的时候，我后悔出于无心的失检，决定向表姊自首。也许这一次确有想多知道一点的好奇心混入了。

第二天刚听我讲了几句话的时候：

"可是，芥龙，这样听人家讲话很不好。你该关照我们或者就走开。"

"我当真没有听……我无意听，偏听见了……而且你们只是路过。"

"我们走得很慢。"

"不错，可是简直没有听见什么。我立刻就不再听你们了……说，舅父怎样回答你的，听了你问他成功必须要什么?"

"芥龙,"她一边笑一边说,"你完全听见了!你只是开我玩笑,要我复述一遍。"

"我保证只听见开头……听见他讲信赖、爱情。"

"他后来说还必须有许多东西。"

"可是你,你回答了什么呢?"

她突然板起面孔来了:

"听他讲到生活的依靠,我回答说你有你的母亲。"

"噢!阿丽莎,你很知道我不能永远有她的!而且这并不是一宗事……"

她低下头去:

"他也是这样回答。"

我握她的手,直抖。

"将来不管我成什么样,我都是为了你才那样。"

"可是,芥龙,我也会离开你的。"

我的灵魂进入了我的言语:

"我呢,我将永远不离开你。"

她微微耸一耸肩膀:

"你没有力量一个人走路吗?我们谁都得独自个寻上帝。"

"可是你得给我指路。"

"为什么你要在基督以外另找向导呢?……你以为我们会更互相接近吗,比诸当我们两个互相忘记了,各自祈祷上帝的时候?"

"是的,只有使我们结合的时候,"我插上去,"这正是我每早每晚向他祈求的事情。"

"你不了解结同心于神中吗?"

"我完全了解:这就是神往的聚会在共同崇拜的东西里。我觉得确是为了聚会你,我才崇拜我知道你也崇拜的东西。"

"你的崇拜不纯粹。"

"不要太苛求于我了。我就是天国也尽会不看在眼里的,倘若我在那里聚会不到你。"

她把一只手指掩在嘴唇上,带几分庄重的样子:

"'先找神的国和他的正义。'"

录下我们的对话,我很觉得,在不知道许多小孩子的谈话多么有意识而认真的人们,这些话会显得太不像孩子话了。我能怎样呢?我要想法子为它们辩解吗?不,就如同我不愿意文饰它们,使它们显得更自然一点。

我们得到了拉丁文正版(Vulgate)的福音书,记熟了其中许多长段。阿丽莎同我学拉丁文,以帮助她的弟弟为借口,其实,我猜,倒是为了继续跟随我读书。的确,对于我知道她不会陪我做的任何种学习,我简直不敢叫自己感觉兴趣。即使这有时候于我有妨碍,可是决不会,如人家尽许会料想的,在于阻止我精神的突进;恰好相反,我觉得她到处都驾轻就易地做我的先导。可是我的精神总依照她而择路,那时候我们盘踞心头的,我们叫做"思想"的东西,往往不过是更巧妙的感通的一种推托,不过是感情的一种遮蔽、爱的一种掩饰。

我的母亲对于她还没有测到深处的一种感情,起初尽也会感觉不安的;可是,现在她自觉精力渐衰了,她喜欢把我们结合在同一个慈母的拥抱里。她许久以来所患的心脏病愈来愈常常缠她了。有一次发作得特别厉害的时候,她把我叫到她跟前。

"可怜的孩子,看我真衰老得不中用了,"她对我说,"哪一天我会撇下你了。"

她沉默了,很气促。我忍不住叫出了似乎她等我说的话:

"妈妈……你知道我愿意同阿丽莎结婚。"

我这句话无疑地正好合上了她的心思,因为她立刻接下去说：

"对了，我就是要跟你讲这个，我的芥龙。"

"妈妈！"我在哽咽中对她说，"你相信她爱我吧？"

"我相信，孩子。"她温柔地重复了几下，"我相信，孩子。"她讲得很费劲。她加上说："你得听凭上帝办。"然后，趁我把头低到了她身边，她把手搁在我头上，又说：

"愿上帝保佑你们，我的孩子们！愿上帝保佑你们两个人。"于是沉入了一种昏睡状态，我也就不想法叫醒她。

这一番谈话，以后就不曾继续；第二天，我的母亲觉得好了一点；我又去上学，沉默重新封住了这一点半吐的机密。而且，我能更知道什么呢？阿丽莎爱我，我一刻都不会怀疑。即使我会，经过了其后接上来的那个悲惨的变故，怀疑也就永远从我的心上消失了。

我的母亲在一天晚上，当阿什拜尔屯小姐和我在身边的时候，非常平静地去世了。把她带走的那一次最后的发病，起初似乎并不比以先各次更厉害；直到临了病势才转而严重，亲族们谁也来不及赶到。我是在母亲的老友身边为亲人守灵了第一个通宵。我深爱我的母亲，可是我十分惊异，我虽然流泪，竟不觉得怎样悲痛；我哭呢，那是出于哀怜阿什拜尔屯小姐，她看了她的朋友，比她小好多岁的，竟如此比她先被上帝召去了。可是隐秘中想到这一回丧事将促成我的表姊归向我,大大节制住了我的哀痛。

第二天,我的舅父到了。他交给我他女儿的一封信,说她要晚一天才同朴兰提叶姨母一块儿来。

"……芥龙,我的朋友。我的弟弟,"她在信上说,"……我无限悲憾,未能在她死前向她说出会使她满意、如她所期望的那些话,现在,愿她宽恕我吧!愿此后单是上帝领导我们两个吧!再见,可怜的朋友。——比往常更亲切的,你的阿丽莎。"

这封信究竟是什么意思呢?她抱憾于没有说出的那些话是什么话呢,倘不是她用来给我们的将来定约的一些话?然而,我还太年轻,不敢立即就向她求婚。而且,我用得着那些诺言吗?我们不是早就像定了婚了吗?我们的相爱对于我们的亲属已经不再是一种秘密了;我的舅父,同我的母亲一样,不加以阻挠;不但如此,他早已把我当他的儿子了。

过了几天,就是复活假,我到勒阿弗尔过假日,住在朴兰提叶姨母家里,吃饭差不多总在比柯兰舅父家里。

我的姨母菲丽歌·朴兰提叶是女人中最好的,可是我的表姊妹们和我都同她不怎样特别亲密。不断的事务忙得她气都喘不过来;她的举动不温文,她的声音不柔和;不管在一天里什么时候，只消一感到对我们的感情满溢得需要流露了，她就横七竖八地把我们抚抱个不停。我的舅父比柯兰很爱她，可是，当他对她讲话的时候，我们一听他的声音，就很容易觉出她如何更喜欢我的母亲了。

"可怜的孩子，"有一晚她开始说，"我不知道今年夏天你想干什么，可是我要等知道了你的计划，然后才决定我自己要干什么；倘若我会于你有用的话……"

"我还没有怎样想过呢，"我回答她，"也许我要旅行。"

她接下去：

"你知道，我这里同奉格瑟玛尔一样，你来总是欢迎。你也会叫你的舅父、叫须丽叶喜欢的，倘若到那边去……"

"你的意思是说阿丽莎。"

"真的！对不住……你会相信吗，我本以为你是爱的须丽叶！直等到你的舅父给我讲了……还不到一个月呢……你知道，我，我非常爱你们，可是我不十分深知你们，我太少机会见你们了！……并且我不大观察；我没有工夫关心与我无甚关系的事情。我看见你总是同须丽叶玩……我常常想……她那么好看，那么活泼。"

"不错，我现在还愿意同她玩，可是我爱的是阿丽莎……"

"好极了！好极了，随你……至于我，你知道，尽可以说我不大知道她，她不如她的妹妹好讲话；我想，如果你选中了她，你当然有选择的理由。"

"可是，我爱她并非出于选择，我也从没有想过我有什么理由……"

"别着恼，芥龙，我对你讲话并没有恶意……你叫我忘了我想对你说的话了……啊！对了：我想，当然，结局总归是结婚的；可是，你还在服内，你照规矩还不好就订婚……而且，你还太年轻……我想过，现在你没有母亲在一起，你一个人住在奉格瑟玛尔，不免会惹人见怪……"

"可是，恰好就为了这一点我才说要旅行啊。"

"不错。唔！孩子，我想过，有我在那里，什么都方便了。我已经准备好空出一部分夏天的时间。"

"只要我一请求，阿什拜尔屯小姐一定高兴来的。"

"我早已知道她要来的。可是那样还不行！我也要去……噢！我无意替代你可怜的母亲，"她补充说，忽然呜咽起来了，"可是我可以管家务……唔，你，你的舅父，阿丽莎，叫你们都不至觉得有什么不便。"

我的姨母菲丽歇算错了她在那里的效验。实际上，我们只是因为她才感觉不便呢。照她所说的，她在七月初就到奉格瑟玛尔住，阿什拜尔屯小姐和我不久也上那里和她聚在一起了。借口帮助阿丽莎照料家务，她把这个素来安静的家里充满了不断的喧嚣。为了讨好我们，为了如她所谓叫"什么都方便"，她把殷勤献得非常过分，以至于我们，阿丽莎和我，在她面前差不多总是很拘束，很缄默。她一定以为我们很冷淡……即便我们不沉默，她难道就会了解我们这一种爱情的性质吗？——须丽叶的性格倒是同这一种繁冗合得来的；也许看见她对于小侄女流露出太显然的偏爱，我对姨母的感情沾上了一点不快的感觉。

有一天早上，邮差来了以后，她叫我去：

"可怜的芥龙，我非常难过，我的女儿病了，要我回去。我不得不离开你们了……"

满怀着无用的过虑，我去找我的舅父，不知道我的姨母走后我可以不可以还留在奉格瑟玛尔。可是我的话刚开始：

"什么，"他就嚷起来了，"我可怜的姊姊还想把最自然不过的事情弄复杂吗？呃！为什么你要离开我们呢，芥龙？你不是早就像我的儿子了吗？"

我的姨母在奉格瑟玛尔只住了十四五天。她一走，家里就闲适起来了；家里重新栖息了这种很像幸福的恬静。我的居丧并没有把我们的爱情罩上阴影，反而增厚了。一种单调的生活开始了，在其中，有如在一个音响洪亮的地方，我们心里的最轻微的激动都可以听得出。

我的姨母走了几天以后，有一天晚上，在席间，我们谈论她——我记得：

"多么烦扰啊！"我们说，"难道生命的浪潮不给她的灵魂留一点休息吗？爱之美貌，你在这里作怎样的反映呢？"……因为我们想起歌德的话来了，他在讲史坦因夫人的时候，写道："看世界反映在这个灵魂里一定很美。"我们立刻就定了一种级别制，把冥想力尊为最高级。我的舅父，本来一直不作声，到那时候就带了悲哀的微笑责备我们说：

"孩子们，"他说，"上帝总会认得出他的映像，即使破碎了。我们慎勿以人们一生里的瞬间来判断他们。你们不喜欢我这位可怜的姊姊的地方都是种种事情的结果；我太熟悉那些情形了，无法像你们一样严酷地批评她。年轻时候的可爱的气质，老来没有不会变坏的。你们所谓'烦扰'在菲丽歇，原先不过是叫人喜欢的精神焕发、天真烂漫、爽快与爱娇……我们从前实在与你们现在没有多大的不同。我颇有点像你，芥龙，也许比我所知道的还要像。菲丽歇很像现在的须丽叶……对了，甚至于模样也差不多——忽然我像重见了她，"他转向她的女儿说，"听了你谈笑里的某些种声音；她有你的微笑——还有那一种姿势，她不久便失了的，像你那样的，有时候，什么也不做，老是坐着，臂肘撑在前面，头额支在交错的手指上。"

阿什拜尔屯小姐向我转过脸来，差不多悄悄说：

"你的母亲，阿丽莎倒像她。"

那一年夏天非常出色。一切都似乎沉浸于蔚蓝。我们的热情战胜了灾难，战胜了死；阴影在我们的面前倒退。每一天早上我由快乐催醒；我黎明即起，奔出去迎接晨光……现在梦想起那个时候，我就重见了当时满野的露水。须丽叶比夜里睡得很晚的阿丽莎起得早，常同我一块儿走到园子里。她做了她的姊姊与我之间的信使，我向她没有尽头地讲我们的爱情，她似乎也永远听不厌。我对她说了我不敢对阿丽莎说的话。在阿丽莎的面前，因为过于爱她了，我反而变得生怯，变得拘束。阿丽莎好像也随和这一种把戏，喜欢我同她妹妹兴高采烈地讲话，不知道或假装不知道我们实在只是谈论她。

爱之美妙的矫饰，甚至于就是爱的充溢之美妙的矫饰啊，由于怎样一条秘密的道路，你把我们从笑引到哭，从最天真的欢乐引到德行的苛求呢？

夏天那么纯净、那么平滑地逝去，它那些溜去的日子，到今日差不多一点也不容我的记忆留下什么，唯一的事情就是谈话、读书……

"我做了一个悲凉的梦，"阿丽莎对我说，在暑假最后几天的一个早上，"我梦见我活着，你却死了。不，我没有看见你死。只是：你死了。这太可怕；这太不近情了，我终得以认清楚你只是不在罢了。我们分开在两处，我觉得有法子和你聚在一起；我寻思怎样办，为了达到你那里，我那么用力，以至于把我激醒了。"

"今天早上，我相信我还在这个梦的印象之下，仿佛我还继续做这个梦呢。我觉得还和你隔开，而且要和你隔开许久，许久——"她很低地加上说，"乃至尽我的一生——觉得我们的一生都得作极大的努力……"

"为什么？"

"每人作极大的努力以求我们重聚在一起。"

我没有认真或不敢认真听她的话。我的心跳得很厉害，忽然有了勇气，我好像作为抗辩，对她说：

"至于我，今天早上，我梦见我正要同你结婚，那么牢靠，什么也不能分开我们——除了死。"

"你以为死能分开吗？"她接口说。

"我的意思是……"

"我倒以为它能聚合……对了，聚合生前分开了的东西。"

这一番话深入了我们的内心，我现在还甚至于听得见我们讲话的音调呢。然而我到后来才完全明白了它们的严重性。

夏天逝去了。田野的大部分早已空了，望去分外的辽阔。我临走的前晚，或更前一晚，我和须丽叶走往低园的小树林。

"你昨天背给阿丽莎听的是什么？"

"什么时候呢？"

"在泥灰石坑前面的长椅上，在我们把你们抛落在后边的时候……"

"啊！……波德莱尔的一些诗句吧，我想？……"

"哪些？……你不肯念给我听。"

"'不久我们将沉入寒冷的阴暗。'"

我很不乐意地念起来；可是她，立即抢上来，用一种变了的颤抖的声音念下去：

"'再会吧！我们太短的夏天的明朗！'"

"怎么！你也知道吗？"我叫起来了，非常惊讶，"我一向以为你不喜欢诗……"

"为什么呢？是因为你从来不念给我听吗？"她说，一边笑，可是有一点勉强……"有时候你似乎以为我十足的愚钝。"

"一个人可以很聪明而并不喜欢诗。我从没有听见你念过诗，或者要我念过诗。"

"因为那是阿丽莎的事情……"她沉默了一会儿，然后突然问，

"你是后天走吗？"

"是的，我得走了。"

"今年冬天你要做什么呢？"

"读高等师范第一年。"

"你想什么时候同阿丽莎结婚呢？"

"先要等服了军役。甚至于也要等知道得清楚一点我将来要做什么。"

"你现在还不知道吗？"

"我还不想知道。使我感觉兴趣的事情太多了。我尽可

能延宕下去，直到我必须选择，只能做一门的时候。"

"也因为怕定下来你才推迟你的订婚吗？"

我耸一耸肩膀，没有回答，她追问下去：

"那么，你们不订婚还等什么呢？你们为什么不立刻订婚呢？"

"可是我们为什么要订婚呢？不宣告外边人，我们自己知道我们是，将来也是，属于彼此的，不是已经够了吗？如果我乐意对她以我的终生相许，你以为我用誓约来系住我的爱情才算好吗？我不以为然。誓言在我看来是对于爱情的一种侮辱……我要同她订婚，唯有等我不信任她了。"

"我不信任的不是她……"

我们慢慢走去。我们走到了以前无意中听见阿丽莎同她父亲谈话的地方。我忽然想起，阿丽莎，我看见她到园子里来的，也许正坐在路口，她兴许也会同样听见我们谈话吧；我不敢直接对她说的话现在好让她听见的可能性立刻引诱了我；觉我这个诡计很好玩，提高了声音：

"噢！"我嚷着，带了我这等年纪所不免的那种有一点浮夸的激昂，而且过分注意了我的措辞以求从须丽叶的话里听出她留下不说出来的一切话："噢！只要我们能，俯临我所爱的灵魂，看见那里面，像在一个镜子里面，我们投入了何等的映影啊！能通晓别人像通晓我们自己一样，比通晓我们自己还清楚啊！何等的宁静在我们的柔情里！何等的纯净在我们的爱情里！……"

我把须丽叶的激动视为我这一套平庸无足道的卖弄声情的效果。她突然把头掩在我的肩上：

"芥龙！芥龙！我愿意你一定会使她幸福！如果她因为你而痛苦呢，我准会深恶痛绝你。"

"可是，须丽叶，"我嚷着，一边拥抱她，托起她的头，"我自己也要深恶痛绝我自己。如果你知道啊！……可是，是为的要更好地就同她一起生活，所以我还不愿意决定我的事业哪！我把我全部的未来都悬系在她的身上哪！没有她我也能做的一切，我都不愿做……"

"你对她讲这一点的时候她说什么呢？"

"我根本从没有对她讲过！从来没有；也是因此我们还不订婚；我们之间更谈不到结婚的问题，也谈不到我们以后要做什么的问题。须丽叶啊！同她一起的生活在我看来美得直叫我不敢……你懂吗？不敢跟她讲。"

"你要幸福猝然地降临她吗？"

"不！并不是那样。可是我怕……叫她害怕，懂吗？……我怕这种极大的幸福，我预先瞥见的，会把她吓着了！——

有一天，我问她想不想旅行。她对我说她一点也不想；说只要知道有那许多地方，知道它们美，知道别人可以去，她就满足了……"

"你呢，芥龙，你想旅行吧？"

"走遍天下！一生在我看来就是一个长途的旅行——同她，遍历群书、众人、诸国……你可曾想到这两个字的意义：起锚？"

"我常常想到。"她喃喃地说。可是我不留心她，让她的话像可怜的伤鸟似的落在地上，我接下去：

"夜里出发，醒在黎明的眩光里，感觉只有我们两个在不定的波浪上……

"到达一个海港，小时候早就在地图上看过的，那里一切都新奇……我想你在船桥上，同阿丽莎下船，她倚在你的胳臂上。"

"我们赶快上邮局，"我笑着接下去，"领取须丽叶写给我们的信……"

"寄自奉格瑟玛尔的，她还留在那里，你们觉得那里太小，太凄凉，太远了……"

她当时的话确是如此吗？我可说不准，因为，我说过，我心里充满了爱情，除了爱情的表白，简直什么也听不见。

我们走近了路口，正要折回来的时候，阿丽莎突然从阴影里露出来了。她面色那么苍白，须丽叶不由得叫了一声。

"的确，我觉得不大舒服，"阿丽莎匆匆说，有点口吃，"夜晚空气凉。我想我还是回去的好。"马上离开了我们，她用急步向房子那里走去了。

"她听见我们说的话了。"须丽叶叫起来了，在阿丽莎一走远的时候。

"可是我们没有讲什么可以叫她痛苦的。恰好相反……"

"让我走吧。"她一说，就跑去追她的姊姊了。

那一夜，我睡不成觉。阿丽莎是出来吃过晚饭的，可是饭后立刻回去了，说是偏头痛。我们的谈话被她听去了什么呢？我很不安地回想着我们的话。然后我想也许我错了，同须丽叶走得太靠近了，用我的胳臂搂着她了；可是那是小时候的习惯；阿丽莎早已看见我们这样走过千百次了。啊！我真是盲目得可怜，追究着我的错处，竟一刻都没有想到须丽叶的话，虽然我听得那么不经意，我记得那么不清楚，也许阿丽莎已经听见个明明白白呢。没有关系！我惶惑不安，又怕阿丽莎会怀疑我，再也想不出别的危险，我决定，不管我对须丽叶声言过什么，甚或正由于她对我讲的话发生了影响，我决定克制我的过虑、我的恐惧，第二天同她订婚。

这是我临走的前夜。我以为她的悲哀可以归因于这一点。我觉得她躲避我一天过去了，我终不能单独跟她在一起；怕走前同她讲不到话，我不由得在晚饭前不久径自到她的房间里；她正在戴一个珊瑚的项链，抬起胳臂来结它，背朝了房门，低着头，侧身随便看两支点着的蜡烛之间的镜子。她先是在镜子里面看见了我，继续在那里面看了我一会儿，没有转身。

"嗯！我的房门没有关吗？"她说。

"我敲过，你没有回答。阿丽莎，你知道我明天走了吗？"

她不回答什么，只是把她没有扣上的项链放在壁炉架上。"订婚"这个名词我觉得太露，太粗野，我用了不知道什么一些曲折话来代替了。阿丽莎一懂我的意思，她似乎就立不稳了，靠住了壁炉架……可是我自己也颤抖得那样厉害，我战战兢兢不敢向她看。

我离她很近，没有抬起眼睛来，握了她的手；她并不挣脱，而把头低下一点，把我的手提高一点，把嘴唇贴上去，半倚着我，喃喃地说：

"不，芥龙，不，我们不要订婚，我请你……"

我的心跳得非常剧烈，我相信她觉得出；她更温存地重新说："不，还不要……"

听见我问她：

"为什么？"

"倒是我应该问你：为什么？为什么变了呢？"

我不敢跟她谈起前一晚的谈话，可是显然她觉得我正想到那上面，仿佛回答我的思想，她向我一眼盯住了说：

"你错了，朋友，我不需要那么多的幸福。我们这样不是已经够幸福了吗？"

她勉强要微笑而笑不成。

"不，因为我得离开你。"

"听我说，芥龙，我今晚不能同你谈……不要糟蹋我们最后的时辰……不，不。我照常爱你，你放心。我要给你写信，要向你解释，我答应给你写信，明天……等你一走——现在走吧！瞧，我哭了……走开吧。"

她催我走，轻轻地推开我——而这就是我们的辞别了，那一晚我再不能跟她说什么话了。第二天，当我动身的时候，她闭门不出自己的房间。我看见她在窗口挥手示别，看着我坐的马车渐渐地远去。

三

那一年我差不多没有看见阿培·服提叶;不等征召,他就提前入了伍,我则准备学士学位,重上了一年的修辞班。比阿培小两岁,我把军役延迟到高等师范毕业以后,我们两个就要在当年上那里读一年级了。

我们很欢乐地又见了面。从军队里退役出来,他旅行了一个多月。我担心他变了,可是他无非更添了自信,而丝毫没有失去他可爱的气质。开学前一天的下午,我们在卢森堡公园玩的时候,再也忍不住隐藏我的心事了,我就对他详谈了我的恋爱,他是早就知道有那回事了。过去一年来,他得了一点对付女人的经验,因此他摆起了一点自负的居高临下的神气,可是并不叫我生气。他笑我不懂得说下了他所谓定局的一言,他作为一条原理,说必须永远不要让一个女人有所反复。我让他说去,心想他这些高论对于我对于她都毫无用处,而无非表明他不了解我们罢了。

到校的第二天,我接到这封信:

亲爱的芥龙:

  我已经细细地考虑过你向我提出的事情(我提出的事情!这样称我们的订婚!)我怕我对于你年龄过大了。

你现在也许还不觉得，因为你还没有机会看见别的女子；可是我想到日后我会受到何种痛苦，倘若我从你以后，看出我不能再叫你喜欢了。读我的信，你一定要非常生气了，我相信听见你的抗议呢；然而我还是请你等一等，等你在人生的道上再深入一点。

要明白我在这里说的完全是为了你自己。因为在我这方面，我深信我永远也不会不再爱你。

阿丽莎

不再相爱！还会有这样的问题吗！——我与其说觉得悲哀，毋宁说觉得惊讶，可是心里觉得非常乱，以致我立刻跑去把这封信给阿培看了。

"唔，你打算怎么办？"他说，在他摇着头，闭着嘴唇，把信读过了的时候。我举起了胳臂，非常踌躇，非常苦恼。"至少我希望你不要答复，同一个女人辩论起来，那就糟了……听我说：礼拜六到勒阿弗尔过夜，我们礼拜天早上可以到奉格瑟玛尔，然后赶回来上礼拜一的早课。我自从服役以来还没有会过你那些亲戚；这是一个理由充分的托词，而且于我很有面子。倘若阿丽莎知道这不过是一种借口，那更好！你和阿丽莎谈话的时候，我可以找须丽叶。你可不要再做小孩子……老实说，你这段经历里有些地方我不大了解，你想必没有完全讲给我听……没有关系！我总会明白的……最要紧是不要让他们知道我们去……你必须袭击你的表姊，叫她猝不及防。"

当我推开园子的栅栏门的时候，我的心跳得很厉害。须丽叶立刻跑来迎接我们了。阿丽莎，在衣房里忙着，并没有赶紧走下来。我们正在同我的舅父和阿什拜尔屯小姐谈话的时候，她终于走进了客厅。即或我们的猝然而至有点使她狼狈吧，至少她安排得不露一点声色；我想起阿培对我说的话，想起她正是为了防范我才那么久不出来吧。须丽叶极度的兴奋使她的拘谨显得愈加冷淡。我觉得她不赞成我的回来；至少她想法在她的神情里表示出不赞成，我不敢想像这种不赞成背后会潜伏了另一种较为激烈的感情。和我们离开一点，坐在一角，靠近窗子，她似乎全神都贯注在一件绣物上，微动着嘴唇，数针脚。阿培讲话——幸而！因为，在我呢，我觉得讲不出一句话，若不是他讲了这一年从军和旅行的闲话，这次会面的最初那一场一定是沉闷极了。我的舅父自己也似乎特别有心事。

一吃过午饭，须丽叶把我拉过一边，领到园子里。

"你想得到吗，人家向我求婚了！"一等到只有我们两个在一起的时候,她就嚷起来了,"菲丽歇姑母昨天写信给爸爸传达了尼姆一位葡萄园主对我的意思。她说那个人很好,他今年春天在交际场上遇见了我几次,因而爱上了我。"

"你注意到了他没有,那位先生?"我问她,不由自主地对那位求婚者起了一种敌意。

"唔,我看清楚了他是一个什么人。堂吉诃德一路人,好性子,没有教养,很丑陋,很俗气,颇有点可笑;在他面前姑母也板不起面孔。"

"他有什么……机会吗?"我说,用了一种嘲笑的口气。

"得了,芥龙!你别打趣我!一个做生意人!……如果遇见过他一面,你就不会这样问我了。"

"可是……舅父怎样回答呢?"

"就是依照我回答:我太年轻,还不配结婚……可是不幸,"她一边笑一边接下去说,"姑母预料到会有这一种异议;她在信后追一笔,说爱德华·台西埃先生——这是他的名字——愿意等下去,说他所以立即表示者无非是为的申请'候补'……真荒唐;可是你看我怎么办呢?我可不能说他长得太丑呀!"

"不妨说你不愿意和一位葡萄园主结婚。"

她耸一耸肩膀:

"这种理由在姑母的头脑里是讲不通的……不要讲它了。——阿丽莎给你写信没有?"

她把话讲得非常快,似乎心里很乱。我把阿丽莎的信交给她,她读下去,脸上很红。我似乎在她的声音里听得出一种愤怒的调子,当她问我说:

"那么你要怎么办呢?"

"我不知道,"我回答,"现在我到了这里,我觉得倒是在信上说容易,我早已怪自己不该来了。你明白她说的是什么意思吗?"

"我知道她要让你自由。"

"可是我在乎自由吗?你知道她为什么要给我写这样的信吗?"

她回答我说"不知道!"那么冷冷的一句,叫我纵然完全猜不透真相,至少从那一刻起相信须丽叶或许不至于不知道。然后,在我们走到的小径的转角上,突然地转过身来:

"现在让我走吧,你来不是为了要同我讲话。我们一块儿待了太久了。"

她一溜烟向屋里跑去了,一会儿,我就听见她弹起了钢琴。

当我走进客厅的时候,她正在同已经走到她身边的阿培谈话，一边还弹着，可是现在弹得懒洋洋的，好像只是信手漫弄而已。我撇下了他们。我在园子里徘徊了许久，寻找阿丽莎。

她是在果园的底里深处，在一道低墙的脚下采摘初开的菊花，花香混合了山毛榉的落叶味。空气涵满了秋意。太阳只微微地晒暖了篱树；可是天宇是东方式的澄清。她的面孔，镶在——几乎是藏在——一顶泽兰大帽子的深处。这顶帽子是阿培从旅行中带回来给她的，她立刻戴起来了。当我走近去的时候，她起初不转过身来，可是由于她抑制不住的一阵轻微的颤抖，我知道她已经听出了我的脚步；我立刻坚定起来，勇敢起来，以备反抗她的责备、她将注视我的严厉目光。可是当我走得很近了，早已仿佛出于畏惧而放慢了脚步的时候，她，虽然还不向我转过脸来，只是低着脸有如一个赌气的小孩子，却向我，差不多从背后，伸过一只握满了花的手来，似乎在招我前去。可是，出于淘气，一看见这个手势，我反而停住了，她乃终于转过身来，向我走了几步，抬起脸来，我看见脸上满是笑容。经她的目光一照，一切在我看来都是又单纯、简易，以至于不费气力、不变声音，我开始说了：

"是你那封信把我叫回来的。"

"我早就料到了,"她说,然后,用声调锉钝了谴责的锋芒,"也就是这一点叫我生气的,为什么你误会了我的话呢?实在很简单呀……"(悲愁、困难,现在我早觉得实在只是想像而已,只在我头脑里存在罢了。)"我们这样已经是幸福了,我早就对你说过了;那么当你要我变更的时候,我拒绝,你为什么见怪呢?"

的确,我在她身边觉得很幸福,完全幸福,以至于我的思想只求与她的思想处处吻合;我早已不希冀她的微笑以外的什么,只求和她,那么样,在一条暖和的、繁花夹道的小路上,携手同行了。

"如果你宁愿如此,"我郑重对她说,一下子抛弃了其他的一切希望,委身给了当前这一种完全的幸福,"如果你宁愿如此,我们就不要订婚了。我接到你那封信的时候,我就明白我们实在是幸福的,也明白我们将要不再幸福了。噢!把我原来的幸福还了我吧,我少不了它。我爱你如此深,大可以等你一辈子;可是,若说你要不再爱我,或者你怀疑我的爱情,阿丽莎,这种想头真叫我受不了。"

"唉!芥龙,我不能怀疑的。"

她对我说这句话的声音是又沉静又悲哀的;可是照耀在

她脸上的笑容依然是很美，如此明朗，叫我不由得抱愧，我不该疑惧，我不该抗议；于是我觉得无非是因为我那样，她的声音里才潜伏了给我觉察出来的一点哀韵。

我与此毫不相干，就跳过去开始讲我的计划、我的学业，以及使我抱了极大希望的新生活。高等师范那时候不像它以后变成的样子；它那种相当严格的训练只能叫疏懒或顽劣的学生们不舒服，于好学的努力却大有帮助。我很喜欢那种近于修道院生活的风气使我隔绝了世面，那实在也不大能吸引我，只要想到阿丽莎会怕的，我也就立刻觉得可憎了。阿什拜尔屯小姐在巴黎保留了原先同我母亲合住的那幢住宅。除她以外，在巴黎简直不认识什么人，阿培和我每逢礼拜天要在她那里消磨几个钟头；每逢礼拜天我要给阿丽莎写信，不让她不知道我生活里的任何细节。

我们现在是坐在敞盖的菜园架上，胡瓜的粗藤从里面胡乱地爬出来，最后结的瓜也已经被采去了。阿丽莎听我，问我，我先前还不曾感觉过她的柔情如此殷，她的温情如此切。恐惧、忧虑，甚至于最轻微的激动，都在她的微笑里消散了，化入那种可爱的亲密里，像雾霭化入了天空的纯蓝里。

然后，在山毛榉丛林边的一张长椅上，须丽叶和阿培到了那里会我们的,我们一块儿把其余的时间消磨于朗诵斯温本的《时间的胜利》。各人轮流读一节。黄昏到了。

"得!"当我们走的时候,阿丽莎吻别我,对我说,一半开玩笑,可是带了那种大姊姊的样子,也许是由我唐突的举动引起她摆出来的,而她也喜欢摆出来的,"答应我以后不要再这样想入非非了……"

"怎样,你定了约了吗?"重新剩了我们两个在一起的时候,阿培就问我了。

"朋友,已经谈不到这个问题了,"我回答,立刻又用了截住任何新问话的语气,加上了一句,"这样更好得多。我从没有像今晚这样的幸福了。"

"我也是的,"他叫起来了,然后,猝然抱住了我的颈脖,"我告诉你一件极好的、了不得的事情!芥龙,我发狂一般地爱上了须丽叶了!去年我早已有点意识到;可是我以后有了阅历,我非等到重见了你的表姊妹们,一点也不愿意告诉你。现在,好了,我的一生有了着落。

我爱,我怎么说爱——我崇拜须丽叶!

好久以来,我就一直觉得对于你有一种襟兄弟的感情了……"

然后,笑着,闹着,他用尽气力来抱我,像一个小孩子一样地在我们坐往巴黎的火车坐垫上滚来滚去。我被他的吐露弄得目瞪口呆,我觉得他的言语里混进了舞文弄墨的矫饰,也有点不舒服;可是有什么法子抵拒这样的狂热、这样的欢乐呢?……

"怎么!你已经表白了吗?"我终得以趁两段倾吐的隙间插进去问了他一句。

"没有,当然没有!"他喊着,"我不愿意烧掉故事里最美的一章。

> 恋爱中最好的时期
> 并非当你说:我爱你……

得!你不至于见怪吧,你,你这位慢性大家。"

"可是,究竟,"我有点着恼地接下去,"你以为她那方面……"

"你没有注意到她重见我有点不好意思吗!我们在那边的时候,自始至终,她那么心乱,那么一阵阵脸红,那么喋喋不休!……不,你什么也没有注意到,自然,因为你一心专注于阿丽莎了……还有,她怎样问我哪!她怎样倾听我的话哪!一年来,她的智慧发展得着实厉害。我不知道你何由而认为她不爱读书;你以为阿丽莎才有份……可是,老弟,她知道的东西可真惊人哪!你知道我们在晚饭以前做什么消遣?背但丁的短曲(Canzone),我们各人念一行,我背错的时候,她给我改正。你知道:

Amor che nella mente mi ragiona

(爱情在灵魂里与我理论)

你没有对我讲过她学过意大利文呀。"

"我自己也不知道。"我说,颇有点惊讶。

"怎么!当我们开始念那首短曲的时候,她对我说是你指点给她的。"

"她想必听见我对她的姊姊读了它,那一天,当她照平日的样子,在我们旁边谈话或者刺绣的时候;可是她从不曾显出她懂呢。"

"真的!阿丽莎和你给自私心弄糊涂了。你们完全沉浸在你们自己的爱情里,你们一眼都不看一看那点智力、那个灵魂的惊人的开花！并不是我要恭维自己，可是实在我来得正是时候……可是不，不，我并不埋怨你，你是知道的。"他说，一边又拥抱我，"只是答应我！这些话一句也不要告诉阿丽莎。我自己一个人管自己的事情。须丽叶已经到了我的手里，这是无疑的，而且很稳，我胆敢把她留到下一个假期。我甚至于想从现在到那时候，不给她写一封信，可是，新年假，我们可以上勒阿弗尔过，那时候……"

"那时候？……"

"唔！阿丽莎一下子就听说我们订婚了。我打算把事情办得干脆利落。你知道以后要怎么样了？阿丽莎的许诺，你自己得不到，我将要用我们的榜样促使你得到手。我们要劝服她说我们不能在你们结婚以后举行婚礼……"

他继续说下去，把我泡进源源不竭的语流，火车到了巴黎话也不停，我们进了高等师范也不停，因为，虽然我们从火车站步行到学校，虽然夜已深了，阿培还陪到我的房间里，在那里我们又把谈话延长到天明。

阿培的热忱把目前和将来都安排好了。他早已想见了、叙述了我们的双婚礼；想像、描写每人的惊喜；耽恋这种种佳话：我们的故事、我们的友谊、他在我的恋爱里尽的职司。我抵御不住这样动人心目的一种热，终于感觉到被它透入了,缓缓地屈服于这些妄想的魔力了。托福了我们的爱情,我们的野心和我们的勇气都膨胀了;一出学校,我们的双婚礼由服提叶牧师主持了以后,我们就四个人一块儿出发旅行了,然后我们投身去干大事业,由我们的夫人自愿地充我们的合作者。阿培,不大喜欢教书生活,自以为生来合于当著作家的,由于几本成功的戏剧,很快地获得了他所缺少的财产;至于我,嗜好研究甚于嗜好研究中可以得到的利益的,我想致力于研究宗教哲学,我打算给写一部历史……可是现在追想起那么些希望来有什么用处呢?

第二天我们就埋头学习了。

四

时间,直到年假,非常短促,我的信心,受了上次同阿丽莎谈话的激扬,不曾有片刻的动摇。照我所约定的,我每礼拜天给她写很长的信;其余的日子,远离同学,差不多只同阿培来往,我以想念阿丽莎过活,在我爱读的书里给她做许多标识,让我自己在其中所寻求的兴趣受制于她在其中会感觉到的兴趣。她的信仍不免使我不安;虽然她相当按时地答复我的信,她追踪我的热心,我以为宁出于鼓励我学习的心机,而不是出于她自己由衷的爱好;甚至于我觉得赏鉴、讨论、批评，在我无非是用来表明思想的方法，在她，恰好相反，都利用了向我隐瞒她的思想。有时候我怀疑她是不是开玩笑……没有关系！决定了对什么都不埋怨，我在信里一点也不透露出我的不安。

到十二月底，阿培和我上勒阿弗尔去了。

我下榻在朴兰提叶姨母家里。我到的时候，她不在家。可是我刚在我的房间里安顿下来，一个仆人就来通知我说她在客厅里等我了。

她一问完我的健康，我的居处，我的学业，不再转弯抹角，立即放纵了亲切的好奇心：

"你还没有说，孩子，你在奉格瑟玛尔住得满意不满意？你的事情可有点进展吗？"

我得硬起头皮来忍受姨母的心直口快；可是，尽管我听见她如此简略地讲那些即便用最纯洁、最温柔的言语来讲也似乎有点唐突的感情，心里如何痛苦，无奈她讲话的语气是那么坦率，那么恳切，我若动气，未免说不过去。

不过，我起初不能不稍有点不服：

"你在春天不是对我说过你以为订婚还嫌太早吗？"

"不错，我知道，起初总是这么说，"她接口说，一边抓住了我的一只手，动情地紧握在她的手里，"而且，碍于你的学业，你的军役，你非过好几年不能结婚，我很知道。再说，在我个人，我不赞成长期的婚约，那要把年轻的姑娘们苦死了……虽然有时很让人感动……不过，不必把婚约公开……只叫别人明白——噢！很审慎的——再也用不着想法来那么一套；而且，你们的通信，你们的往来，那样就等于立了案了；再说，倘若有一个对手出来——这是大有可能的，"她含笑而委婉地陈说，"那样就可以婉转地回答……不，不值得费心了。你知道有人向须丽叶求婚了！她今年冬天很惹人注目。她还嫌年轻一点，她也就是这样回答了，可是那位年轻人表示等下去；——他也不是太年轻了……总之，他是一个极好的对象，人很可靠；你明天还可以看见他，他要来我这里过圣诞节。你可以告诉我你的印象。"

"我怕，姨母，他不要白辛苦吧，我怕须丽叶心目中另外有人。"我说，竭力不立刻说出阿培的名字。

"嗯？"姨母说，一副疑问的口气、不信的样子，噘着嘴，侧着头，"你说得我好惊讶啊！为什么她一点都没有对我说过呢？"

我咬紧嘴唇不再多说。

"好吧！我们就可以明白的……须丽叶最近有点不自在，"她接下去，"……可是，现在我们谈的不是她……啊！

阿丽莎也非常可爱……到底，你对她表白过吗，有过没有？"

虽然这个名辞：表白，在我看来是太粗野、太唐突，叫我全心都起了反感，却因为劈面撞到了这一句问话，又不会撒谎，我有点狼狈地回答：

"有过。"觉得我的脸上发烧了。

"她说了什么呢？"

我低了头，我本想不回答。愈加狼狈，仿佛不由自主，我却说了：

"她拒绝订婚。"

"唔！她有道理，那个小丫头！"姨母说，"你们有的是时间，当然……"

"噢！姨母，不要再提了。"我说，想阻止，没有办到。

"而且，这也不叫我奇怪；我总觉得她比你懂事，你的表姊……"

我不知道那时候怎样了，显然是被她的盘问激乱了，我觉得我的心忽然裂开了。像一个小孩子，我让头滚转在好姨母的膝上，呜呜咽咽的。

"不，姨母，你不懂，"我嚷着，"她并没有要我等待……"

"怎么！她拒绝你吗？"她说，带了非常哀怜的声调，一边用手托起我的头。

"也不是……不完全是。"

我悲哀地摇摇头。

"你怕她不再爱你了?"

"噢! 不,我不是怕这一点。"

"可怜的孩子,如果你要我懂,你还得讲清楚一点。"

我为了听任了感情,不能自持,又害羞又气恼;姨母自然不会懂我为什么不安的道理;可是,阿丽莎的拒绝中隐伏了什么明确的动机,姨母好好地探问她,也许能帮助我寻出来吧,她自己不久也归到同样的结论了。

"听我说!"她接下去,"阿丽莎明天早上要来同我布置圣诞树,我马上就可以看出究竟是怎么一回事。我到午饭的时候告诉你,我靠得住你会知道没有什么会叫你大惊小怪的。"

我到比柯兰家里吃晚饭。须丽叶数日来的确不舒服,我觉得变了;她的眼睛带了一点狂野的,几乎是残酷的表情,使她和她的姊姊比以前更不同了。那一晚我未能同她们两个中随便哪一个作单独的谈话;我也不想如此,见我的舅父露出疲倦的神情,我饭后不久便告辞了。

朴兰提叶姨母预备的圣诞树每年招来了许多小孩子、亲戚、朋友。它立在楼梯脚下的门厅里，那里通前厅、客厅、一种暖花房的玻璃门，门里摆了一架食橱。圣诞树的装饰还没有完成，圣诞节早上，也就是我到那里的第二天早上，阿丽莎，果然如姨母对我所说的，很早就来帮她在树枝上挂许多装饰物、灯烛、水果、糖果、玩具。我本来很高兴陪同她做这点事情，可是我得让姨母跟她讲话。所以我没有看见她就走了，一早上就只管想法子消磨我的不安。

我先到比柯兰家里去，想看须丽叶；听说阿培先我而到她那里了，怕岔断一场定局的谈话，我立刻退出了，然后我在码头上、在街上，溜达到吃中饭的时候。

"傻瓜！"当我回来的时候，姨母喊着说，"你可以这样子糟蹋生活的嘛！昨天你对我说的没有一句话是有道理的……噢！我并没有绕弯儿：我把帮我们忙累了的阿什拜尔屯小姐打发开了，一剩我们两个在那里的时候，我就干干脆脆地问她今年夏天为什么不订婚。你以为她窘吗？——她一点也没有什么为难，十分平静地，回答我说她不愿在她的妹妹以前结婚。如果你坦率地问了她，她也就像回答我一样地回答你了。那不是犯不着苦恼吗？你晓得，好孩子，什么都不如坦率……可怜的阿丽莎，她还对我讲到了她的父亲，她是不能离开他的……噢！我们谈了许多话哩。她很有头脑，那个小丫头，她又对我说她还不大说得准自己是不是与你合适；她怕太比你年纪大了，倒不如希望有一位像须丽叶一样年纪的……"

姨母继续说下去，可是我不再听她了，只有一点在我是要紧的：阿丽莎不肯在她的妹妹以前结婚。——可是阿培不是在那边吗？这样说来他真对了，那个自作聪明的家伙。他要，如他所说的，一下子弄成功我们两人的婚姻……

我竭力对姨母掩饰了我心头被这一点纵然是如此简单的启示所引起的骚乱，只露出一种喜悦，那在她觉得是很自然的，因为似乎是她给了我的，叫她愈加高兴了；可是一吃完中饭，我就借了一点口实，离开她，跑去找阿培。

"哼！你看我说得如何！"他一听见我报告了我的喜悦，就把我搂起来，喊着说，"老弟，我早就可以告诉你我今天早上同须丽叶的谈话差不多已是定局的了，虽然我们差不多只谈你。可是她似乎有点累，有点心神不定……我怕说得太过，会把她搅扰，待得太久，会使她太兴奋。照你讲的看来，那就行了！老弟，你看我跳去抓手杖，拿帽子。你要把我直陪到比柯兰家的大门口，好把我拉住，倘若我要飞了：我觉得自己比欧福利昂（Euphorion）还要轻……等到须丽叶知道就是为了她的缘故她的姊姊才不答应你的请求,等到我立刻向她请求……啊!朋友,我早已看见我的父亲,今晚,在圣诞树前面,一边赞美上帝,一边流幸福的眼泪,手里握满了祝福,伸到两对跪在那里的定亲者的头上。阿什拜尔屯小姐要在叹一口长气里蒸发了,朴兰提叶姨母要在衣襟里溶解了,辉煌的圣诞树要歌唱上帝的光荣了,要鼓掌了,照《圣经》里那些高山的样子。"

到傍晚的时分,圣诞树才点亮起来,孩子们、亲戚们、朋友们才团聚在四周了,离开了阿培以后,没有事情做,满心苦闷,十分焦虑,为了排遣我的期待,我跑去在圣阿德雷思悬崖上走了半天,迷了路,弄得正好,当我回到朴兰提叶姨母家里的时候,典礼已经开始了一会儿了。

一到厅口,我就望见了阿丽莎。她似乎在等我,立刻向我走来了。她在颈脖上,在明亮的上衣的开领处,挂着一个旧的紫水晶的小十字架,我作为纪念我的母亲而给了她,可还没有看见她戴过呢。她脸色憔悴,神情苦恼,使我难过。

"你为什么来得这样晚?"她对我说,用了一种气急的声音,"我有话要跟你讲哪。"

"我在崖上迷了路……可是,你很难过呢……噢!阿丽莎,有什么事啊?"

她在我面前愣了一会儿,嘴唇直抖,一种极大的焦虑堵塞了我的胸口,我竟至不敢询问她。她把手搁在我的颈脖上,仿佛要把我的脸向她挽过去。我看见她想要讲话,可是正在这时候有几位客人来了,她失去了勇气,放下了手……

"来不及了。"她喃喃地说。然后,看见我的眼眶里注满了眼泪,仿佛可以用哄骗的话来宽慰我似的,她对我疑问的目光回答说:

"不……你放心:我只是头痛罢了,那些小孩子闹得真凶,我不得不来这里避一避……现在我该回他们那里去了。"

她猛然离开了我。许多人进来,把我和她隔开了。我想在客厅里会她;我望见她在客厅的那一头,被一群小孩子包围着,正在带他们做游戏。在她与我之间,我认出一些人,我如在他们的身边闯过去,多分要被他们留住的;客气、应酬,我觉得我没有法子对付,也许可以沿墙边溜过去……我尝试了。

当我经过温室的大玻璃门的时候,我觉得胳臂被人抓住了。须丽叶在那里,半隐在门口里,掩在门帷背后。

"我们进花房去,"她匆促地对我说,"我必须跟你谈一谈。你自己走去，我马上在那里会你。"说了，把门半开了一下，她溜进了温室。

发生了什么事情了？我想再见一见阿培。他说了什么了？他干了什么了？……我回到门厅，到了花房，须丽叶在那里等我。

她满面通红，眉头紧锁，显出一种忍心与痛苦的表情；目光闪闪，仿佛发了烧似的；就是声音也似乎严厉、紧张，一种气愤把她激动了；虽然我心里不安，十分惊讶，一见她美，却几乎受窘。那里只有我们两个人。

"阿丽莎对你讲过了吗？"她立刻问我。

"还不到两三句话，我回来得很晚。"

"你知道她要我在她以前结婚吗？"

"知道。"

她一眼盯住了我……

"你还知道她要我和谁结婚吗？"

我没有回答。

"同你。"她喊了一声。

"那才是胡闹啊！"

"可不是！"她的声音又带绝望又带胜利的气味。她一挺身，或者不如说往后一仰……

"现在我知道我还剩什么事情要做了。"她含糊地加上了一句，一边开了室门，一跨出去就猛地把门带上了。

我的头里，我的心里，乱得不可开交。我觉得血在我的太阳穴里猛跳着。只有一念还抵住混乱：找阿培，他也许能解释两姊妹对我说的那些离奇的话吧……可是我不敢再进客厅，我以为那里谁都看得出我的烦乱。我出去。园子里的冷空气使我镇定了：我在那里待了一会儿。夜色渐深，海雾掩藏了城市；树上没有叶子，天地显得无限的寂寥……歌声起来了，显然是聚在圣诞树周围的孩子们的合唱。我重新从门厅里进去。客厅和前厅的门都开着，我在此刻已经没有人的客厅里看见我的姨母，在钢琴背后半隐半露，正在同须丽叶谈话。在前厅里，在圣诞树周围，客人们挤着。孩子们已经唱完了赞美歌；一片寂静，服提叶牧师，在树面前，开始作一种说教。他从来不错过一个他所谓"播善种"的机会。灯光和热叫我不舒服，我想再出去；我看见阿培靠在门前，他一定在那里待了许久了。他怀了敌意似的看我，当我们的目光碰在一起的时候，他耸一耸肩膀，我向他走去。

"蠢货！"他低声说，然后，突然间，"啊！我们出去；我已经吃够了药石之言了！"我们一到了外边，当我只是焦急地望着他,没有说什么话的时候,"蠢货!"他重新说,"她爱的是你呀,蠢货!你就不能对我讲吗?"

我怔住了。我想不明白是什么意思。

"不能,可不是!你甚至于也不能自己看出来啊!"

他揪住了我的胳臂,狂暴地把我摇来摇去。他咬紧了牙关,发出来的声音颤抖着,吡吡作响。

"阿培,我请求你,"我默然了一会儿以后,用了同样颤抖的声音对他说,任他拉着我,迈着大步子乱走——"不要这样发脾气,把事情的经过告诉我。我什么也不知道。"

在一盏街灯底下,他突然让我停住了,仔细地端详我;然后急剧地把我拉到他身边,把头搁在我肩上,哽咽中对我喃喃地说:

"原谅我!我也糊涂,并没有比你看得更清楚一点,可怜的老弟。"

他的眼泪似乎使他镇静了一点;他抬起头来,重新走起来,接着说:

"事情的经过吗?……现在重提它有什么用处呢?我早上同须丽叶谈过话,我已经对你说过了。她那时候非常美,非常高兴;我以为是为了我的缘故;其实,那只是因为我们谈你罢了。"

"那时候你没有看出吗？……"

"没有，没有看确切，可是现在连那些最小的细节也清清楚楚了……"

"你靠得住没有看错吗？"

"我看错？朋友，瞎了眼睛才看不出她爱你呢。"

"那么阿丽莎……"

"那么阿丽莎牺牲了。她看出了妹妹的秘密，要把位置让给她了。瞧，这实在没有什么难懂……我想同须丽叶再谈一次；刚听我说了几句，或者一开始明白了我的意思，她就从我们坐的沙发上站起来，重复说了几次：'我已经料定了。'从声调上看来根本是什么也没有料定……"

"啊！不要开玩笑吧！"

"为什么？我觉得实在滑稽，这件事情：她闯进姊姊的房间。我听见里面传来激烈的声音，十分惊诧。我希望重见到须丽叶，可是一会儿走出来了阿丽莎。她头上戴了帽子，见到我显得很局促，一边很快地向我招呼，一边走过去……就是如此。"

"你没有再见到须丽叶吗？"

阿培踌躇了一下：

"见到了。在阿丽莎走了以后，我推开房门。须丽叶一动也不动,站在壁炉面前,两肘支在大理石上,下颌托在手里,凝视着镜子。她听见我的时候,并不转过身来,只是蹬着脚,嚷着说:'啊!别来搅我!'说得那么凶,我只得径自走了。就是如此。"

"现在呢?"

"啊,同你一讲,我觉得好一点了……现在吗?唔!你去想法子治好须丽叶的痴恋,因为,若不是我误解了阿丽莎,那就是她除非你办到了那一点就不再归你了。"

我们默默地走了许久。

"我们回去吧!"他临了说,"现在客人都散了。我怕我的父亲在等我。"

我们进去了,客厅里确乎空无一人了;前厅里,在枝条已经剥光、烛火将近全灭的圣诞树旁边,只剩了我的姨母和她的两个孩子,我的舅父比柯兰,阿什拜尔屯小姐,牧师,我的表姊妹以及一个样子颇为可笑的人物,我看见他和我的姨母谈了好久,到此刻才看出他就是须丽叶对我讲过的那个求婚者。比我们谁都魁梧,都强壮,都红润,差不多秃了头的,属于另一阶层,另一环境,另一种族的,他似乎自觉在我们中间是一个局外人;他局促不安地拉着、捻着一片大髭须下一撮灰色的下唇须。——门都还开着的门厅里没有灯光了,我们两个人不声不响地走了进来,谁也没有注意到我们在那里。一种可怖的预感缠住了我。

"站住!"阿培揪住我胳臂说。

我们看见那个陌生人走到须丽叶身边去,握她的手,她任他握去,毫不抵拒,也不向他看一眼。黑夜掩盖到我的心上了……

"阿培,是怎么一回事?"我偷偷地说,仿佛我还不了解,或者希望我误解了。

"啊!小丫头抢先着了,"他用了咝咝的声音说,"她不甘居姊姊的下风。天使们一定在天上同声赞美了!"

我的舅父走去拥抱须丽叶,阿什拜尔屯小姐和我的姨母围着她。服提叶牧师走近来……我向前进了一步。阿丽莎看见我了,向我跑过来,直抖:

"可是,芥龙,那不成啊。她并不爱他!她今天早上还对我这样说呢。想法阻止她吧,芥龙!噢!她要弄到什么样子了?……"

她攀在我的肩上,作绝望的哀求,我真不惜断送一命以减轻她的苦恼啊。

圣诞树近边忽然间一声喊叫,一阵骚动……我们奔过去。须叶丽倒在我姨母的怀里,失去了知觉。大家挤上前去,低着头看她,我简直看不见她,她蓬开的头发似乎把她青得可怕的面孔拉到后边去了。从她身体的痉挛上看来,这不是平常的晕倒。

"不要紧!不要紧,"我姨母高声说,为了使舅父安心,因为他惊惶了,服提叶牧师早已在安慰他,食指向天上指着,"不要紧!没有什么。不过是激动,不过是神经失常。台西埃先生,帮我一手,你很壮。我们把她抬到楼上我们的房间里,抬到我的床上……我的床上……"然后,她低头向她的大儿子耳边凑过去说了一句,我看见他立刻走了,显然是去找医生。

姨母和那个求婚者扶住了须丽叶的肩膀,她半倒在他们的胳膊上。阿丽莎托起了她妹妹的脚,温存地抱着它们。阿培撑起了向后边垂下去的头,——我看见他,低着头,遍吻他捧起来的散乱的头发。

我在姨母的门房前停住了。他们把须叶丽搁在床上,阿丽莎向台西埃先生,又向阿培说了几句话,我一点也听不见。她把他们直送到门口,请我们让她的妹妹休息,她想就同她的姑母两个人陪侍她……阿培抓住了我的胳臂,把我拉到了外面，我们在夜中走了好久，没有目的，没有勇气，没有思虑。

五

我对于自己的生活，除了爱情，找不到第二个意义，我只执着它，除了来自我意中人的，什么也不期待，也不想期待。

第二天，我正预备去看她，我的姨母止住我，交给我她刚才接到的这一封信：

> ……须丽叶极度的骚乱，吃了医生开的水药，近天亮才见减退。我请求芥龙几天内不要来这里。须丽叶会听出他的脚步，他的声音，她正需要最大的平静……
>
> 我怕须丽叶的病状叫我离不开这里。倘若在芥龙走以前，我不能接见他，好姑母，请你告诉他说我回头给他写信吧……

只不准我去。我的姨母可以，另外随便什么人也可以，随意敲比柯兰家门，姨母还打算当天早上就去呢。我闹吗？多么薄弱的借口……没有关系！

"好吧。我就不去。"

不能立刻再见到阿丽莎颇令我痛苦,可是我也怕见她;我怕她把她妹妹的情形归咎于我,见她生气不如干脆不见她好受。

至少我要见一见阿培。

到他的门口,一个女仆交给我一张便条:

> 我留下几个字,好叫你不至于担心。留在勒阿弗尔,同须丽叶靠得那么近,叫我受不了。昨夜,差不多一离开了你,我就搭船往南阿姆普屯。我预备到伦敦 S 家里,过完这一个假期。我们可以在学校里再见。

……一切人力的求助一下子都给我失去了。我不想把只留痛苦给我的小住再延长下去,在开学以前,就回到了巴黎。我把目光转向了上帝,转向了"送下一切真正的安慰、一切恩惠、一切完善的赏赐"的上帝。我向他奉献了我的苦难。我想阿丽莎也是向他托庇的,想到她会祷告,就也鼓励了、激发了我的祷告。

过了一长段默想与研究的时间,一直是别无他事,除了和阿丽莎来回通信。我把她的信都保留了,我的记忆,以后紊乱了，可借以校正……

从我的姨母那里——起初只有从她那里——我得到勒阿弗尔的消息；我通过她知道最初须丽叶的病状引起何等的不安。我走后十二天，终于接到阿丽莎的这一个短简：

> 原谅我，亲爱的芥龙，没有早一点写信给你。我们可怜的须丽叶的病状简直不容我有一点写信的时间，自从你走后，我差不多一直没有离开过她。我请求你的姑母给你传我们的消息，我想她已经照办了。所以你当知道三日来须丽叶已经好多了。我早已感谢了上帝，可是还不敢高兴。

罗伯，直到现在我还没有怎样讲到的，他后我几天回到了巴黎，也给我带来他姊姊们的一点消息。为了她们的缘故，我关心他，照我性情的趋势本不至那样关心他的；每逢他所进的农学院可以让他随便出来的时候，我总照应他，煞费苦心地带他玩。

从他那里我才听到了我不敢问阿丽莎也不敢问姨母的事情：爱德华·台西埃很殷勤地来探听须丽叶的消息；可是当

罗伯离开勒阿弗尔的时候，他还没有见过她。我也听说须丽叶，自从我走了，在她姊姊的面前保持了一种顽固的沉默，无论怎样也还是牢不可破。

其后不久，我从姨母那里知道了须丽叶的婚约，虽然我料到阿丽莎希望立刻破除的，须丽叶自己要求尽可能地早早宣布。这一个决心，任凭劝告、命令、恳求，碰上去都把自己撞碎的，横在她的额上，扎在她的眼睛上，把她锁在沉默里……

时间过去了。我从阿丽莎那里只接到一些最不着边际的短简，我实在也不知道该给她写些什么。冬天的浓雾把我裹起来了；我的书灯，我的爱情和我的信心，唉！都无法从我的心上赶开黑夜，驱除阴冷。时间过去了。

然后，春天忽然来临的一个早晨，阿丽莎给当时不在勒阿弗尔的姨母写的——姨母转送给我看的——一封信，我把其中可以阐明这个故事的一段抄出如下：

……赞叹我的顺从吧：依你的劝言，我见了台西埃先生；我同他谈了好久。我承认他举止完全得体，我甚至，老实说，简直要相信这一个婚姻不至于像我原先所怕的那样不幸呢。须丽叶当然不爱他；可是他在我看来，一礼拜比一礼拜地愈加不见得不配受爱了。他谈论当前的事情，很有眼光，对于我妹妹的性格，也没有看错；可是他深信自己的爱情一定有效，自诩没有什么不能由他的恒心加以克服。这就是说他非常迷恋。

的确，知道芥龙那么样照应我的弟弟，我极其感激。我想他所以如此完全是出于义务，因为罗伯的性情和他的截然不同——也许也是为了讨我喜欢——可是无疑的他已经知道了，所担的义务愈加艰苦，愈加能陶冶愈加能提高灵魂。这是高尚绝伦的感想了！可是不要取笑你的大侄女，因为正就是这种思想支持了我，就是这种思想帮助了我想法把须丽叶的婚事看作一件好事。

你亲切的关怀真叫我快慰呵，亲爱的姑母！……可是别以为我难受吧；我差不多可以说：恰好相反——因为来震撼须丽叶的考验已经在我身上起了反应了。《圣经》里的这句话我常常念而不大懂的，我恍然大悟了："活该呵依靠人的人。"在我从《圣经》里发现它以前许久，当芥龙还不足十二岁，我刚满十四岁的时候，我已经在他寄给我的一张圣诞小书片上读到了这句话。那张画片上，在我们那时候觉得很好看的一束花旁边，有高乃依（Corneille）这几行台词：

> 世界上何种得胜的幻惑
> 今天引了我向上帝飞升？
> 活该受罪呵完全把靠托
> 寄放在别些人身上的人！

比较起来我得承认我分外喜欢耶利米的这个简单的原句。自然，芥龙挑那张画片的时候，并没有怎样注意字句吧。可是我从他的信上看来，他现在的心情和我很相似，我每天感谢上帝一举而把我们两个凑近他了。

老想起我们的谈话，我不再像过去那样给他写长信了，为的好不打搅他的功课。你一定会觉得我作为补偿而愈加多讲他了；怕还要拉扯下去，我就此搁笔了；这一次，不要太责骂我吧。

这封信引起我多少感想呵！我诅咒姨母的失检的干涉（阿丽莎提示的，使她对我沉默的那一番谈话是谈的什么呢？），竟使她把这封信也转送给我看的笨拙的殷勤。阿丽莎的缄默早就叫我很难堪了，啊！索性不让我知道她把不再对我讲的话写给别人，可不是还较好千百倍吗？信里的一切都激恼我：听她那么随便地对姨母讲我们之间极琐屑的秘密，还有那种自然的语气、那种冷静、那种认真、那种开心……

"不，可怜的朋友！这封信，除了不是寄给你，没有什么值得你气恼的。"阿培对我说。他是我日常的伴侣，我只能对他讲话；在寂寞中，不断地向他发抒我的软弱，我苦思同情的欲求，我的三心二意，以及在困惑中，我对他给我的忠告所怀的信任，虽然我们的生性不同，或者就因为生性的不同……

"我们把这封信研究一下吧。"他说，一边把信摊开在他的书桌上。

三夜早已在我的恼怒中过去了，我想法子把恼怒掩藏在自己心中也已经有四天了！我已经差不多自然而然地归结到我的朋友终于对我说的这一个结论：

"须丽叶—台西埃一对，我们给它委诸情火吧，对不对？我们知道这种火焰的代价。一点也不错！台西埃我觉得正是飞蛾，一定得在那里烧死……"

"随它去，"我对他说，很讨厌他的玩笑，"我们谈其余的。"

"其余的？"他说……"其余的一切都是归你的，你还埋怨哪！没有一行，没有一字，不想起你。尽可以说这封信完全是写给你的；菲丽歇姨母，转送给你，无非是转寄给真正的收信人罢了。无法写给你，她才写给那位好老太太，作为权宜之计；于你的姨母有什么关系呢，那几行高乃依的诗！——顺便说一句，其实是拉辛的诗——她是同你讲话呀，我对你说，她是对你说的这一切。你真是傻孩子，如果你的表姊两礼拜内不会同样长长地，同样随便地，同样愉快地给你写信……"

"她还不像是会取这条途径哪！"

"全在你让她取这条途径！你要我贡献意见吗？——从此……长久地，关于你们的恋爱，你们的结婚，别再提一字；你难道没有看出，自从她妹妹的变故以来，她就是怀怨的那一点？在友爱的线头上下工夫，不倦地对她谈罗伯——既然你有耐性照顾那个小傻瓜。只要继续迎合她的理解，其余自然会来的。啊！如果是我写信给她呵！……"

"你不会配得上爱她。"

然而我还是听从了阿培的劝言，不久阿丽莎的信当真又渐渐有生气了：可是我还不能希望她那方面有什么真正的喜悦、毫无拘束的倾谈，除非等须丽叶的地位，即便不是幸福，已经确定了。

阿丽莎报告我她妹妹的消息却渐渐好起来了。她的婚礼要在七月里举行。阿丽莎写信对我说她料想到那时候阿培和我怕因为课忙而走不开……我明白她以为我们最好不参加婚礼，借口有什么考试，寄一点祝词去就行。

在他们结婚后两礼拜光景，我接到了阿丽莎这封信：

亲爱的芥龙：

想想看，我何等惊讶，昨天偶然翻开你送给我的那本可爱的拉辛，竟在里边发现了你从前写给我的，我在《圣经》里夹了快十年的那张圣诞小画片上的四行诗。

世界上何种得胜的幻惑
今天引了我向上帝飞升？
活该受罪呵完全把靠托
寄放在别些人身上的人！

我本来以为这是出自高乃依的台词，老实说我本来不觉得怎样了不得。可是，继续读第六赞美歌的时候，我碰见了这样美的几节，使我不能不抄给你。这几节你想必早已知道的，如果我由你在书边上打下的那些轻率的缩写字上判断起来。(的确,我养成习惯,在我的和阿丽莎的书上撒满了她名字的第一个字母,指点我喜欢,我愿意她知道的章句。)没有关系!我抄出来是为了我自己的快慰。我起初有一点着恼,因为我以为自己发现的原来是你给我指出来的,随后,一想到你和我一样地喜爱它们,这种坏心思就消灭了。抄它们,我觉得仿佛和你一块儿重读它们了。

不朽的智慧的声音
响起来教训我们说:
你们啊,人类的子孙,
劳心的结果是什么?
虚浮的众生呵,何由
而用了最纯的血流
买来的东西都往往
不是养你们的面包,
而只是影子,那只叫
你们比原先更饥荒?

我献给你们的面包

天使们就用作食品；
上帝他亲手给做好，
用他的麦粉的精英。
这一种面包真好吃，
在你们所混的俗世
永远也不会上食桌。
我发给愿从我的人。
你们可想不想求生？
来拿吧，来吃，来生活。

……

有幸被囚禁的灵魂
在你的轭下得平安，
他日日以活水自饮，
那永远也不会枯干。
人人皆可以饮此中，
它邀请举世的凡众。
我们却疯狂地奔跑，
去寻觅浊泉的泥浆，

或者是骗人的池塘

那里水随时会逃掉。

多美啊!芥龙,多美啊!你真像我那样地觉得它美吗?我这个版本上有条小注说曼特农夫人(Mme. de Maintenon)听见奥玛尔小姐(Mlle de Aumale)唱这首赞美歌,大为激赏,'掉一些眼泪',要她把其中的一部分重新唱一遍。我现在背熟了,老是念不厌。我在此唯一引以为憾的,就是没有听见你读过它。

我们的那两位旅客的消息依然极好。你早已知道须丽叶如何畅游了巴荣(Bayonne)和比亚里支(Biarritz),虽然天气热得很可怕。他们后来往方塔拉比亚(Fontarabie),留蒲尔果司(Burgos),两度比里牛斯山……她现在从蒙瑟拉(Monserrat)给我写了一封极兴奋的信来了。他们想还在巴塞罗那住十天,然后才回尼姆,爱德华预备九月以前赶到那里,好准备收葡萄。

父亲和我已经在奉格瑟玛尔住了一礼拜了,阿什拜尔屯小姐明天就要来和我们住在一起;罗伯来,当在四天之内。你知道那个可怜的孩子考试失败了,并不是考得难,而是主考人出给他的题目太特别,把他弄昏了;照你写信给我说他用功的话来看,我相信他不至于没有好好地预备,只是那位主考先生似乎太喜欢难倒学生了。

至于你的成功,好朋友,我简直不能说庆贺你,因为那在我看来是再自然不过了。我这样深地信任你哪,芥龙!一想到你,我心里就充满了希望。你能从现在起就开始你所讲的工作吗?

……此间,园子里一切都没有改变;可是房子里显得非常空!你自会懂得吧,是不是?为什么我请求你今年不要来,我觉得这样好;我天天这样地再三对自己说,因为这么久不见你,在我怪难受的……有时候,我不由自主地寻找你;我中断了读书,我猛然转过头来……仿佛你就在那里呢!

我续写我的信,夜已深了,大家都睡了。我熬夜来给你写信,坐对开着的窗子;园子熏满了香气,空气暖和。你可记得,我们做小孩子的时候,只要一看见或一听见很美的什么,我们就想到:谢谢上帝创造了它……今夜,我用全灵魂想到:谢谢上帝把今夜弄得这样美!而突然间我就希望你在那里,觉得你在那里。——就在我身边——来得那么剧烈,你也许会感觉到吧。

是的,你在信里说得好:感叹,"在高贵的灵魂中",融入了感激……还有多少话我要写给你呵!——我怀想须丽叶对我讲的明媚的地方。我怀想另外许多地方,更广漠,更明媚,更寥廓。一种奇异的信念栖息在我的心头,想必有一日——不知道怎样——我们将一同看见一个——不知道是哪一个——神秘的大地方……

自然你们很容易想像我读这封信的时候,何等地狂喜,流了何等的爱泪。以后陆续又来了许多信。果然,阿丽莎感谢我不上奉格瑟玛尔,果然,她请求我当年不想法再见她,可是她抱憾我不在那里,她希望我在那里;从一页到一页都响着同样的呼声。我从哪里得来了抵拒它的力量呢?显然是由于阿培的劝告,由于怕一下子毁了我的欢乐,由于拗转心的倾向,我天生有一种刚毅。

我在随后寄来的许多信里,把有关这篇故事的,完全抄下：

亲爱的芥龙：

读你的信，我欢喜得心都融化了。我正要答复你从奥尔维叶托（Orvieto）写来的信，从彼路司（Pérouse）、从阿西司（Assise）写来的两封信同时寄到了。我的思想已经在旅行；只是我的身体还假装在这里；实际上我是正同你一起在奥姆伯利亚（Ombrie）的白色路上；我同你一起在清晨出发，以新的眼睛守望黎明……柯尔托纳（Cortone）的平台上你当真唤过我吗？我听见你……在阿西司上边的山中我们的口渴好厉害！可是圣方济会修道士的杯水我觉得多好哪！啊，朋友！我看什么东西都经由你。你关于圣弗朗索瓦写的一切我何等喜欢呵！不错，我必须寻求的，是思想的一种发扬，而不是一种解放。后者少不了一种可憎的傲慢。我们的大志应不在反叛，而在服侍。

尼姆的消息非常好，仿佛叫上帝允许我尽情快乐了。今年夏天的唯一阴影，就是我可怜的父亲的情况；不管我怎样当心，他还是忧郁，或者不如说，只要我一离开，他就重新忧郁，现在愈来愈不容易排遣它了。自然的一切欢乐，在我们周围讲的一种言语，在他已经听不懂了，他甚至于不再用力听懂它了。——阿什拜尔屯小姐身体很好。我给他们两位朗读你的信，每封信够我们谈三天，于是又来了新的信……

……罗伯前天离开了我们，他往他的朋友R家里去过他所余的假日。R的父亲管理一个模范农场。我们在这里过的生活在他当然是不十分喜欢。当他说要去的时候，我只能鼓励他的计划……

……我有许多话要对你说，我渴慕这样一种讲不完的谈话！有时候我想不出字句，想不出明晰的观念，——今晚我写起来就像在做梦——只保持一种无限富足的感觉等待授受，几乎挤得人透不过气来。

我们在那么几个长月里怎么样一直沉默下来的？我们确乎在蛰伏呢。噢！愿那个沉静里过得可怕的冬天永远过去吧！现在既然重新找到了你了，生命、思想、我们的灵魂，在我都觉得很美，很可爱，无穷尽的丰富……

九月十二日

我已经收到了你从毕萨写来的信。我们这里天气也极佳；我似乎从没有见过诺曼底这样美。我前天独自在田野里信步绕了一大圈；我回来的时候，兴奋超过疲倦，完全在阳光和喜悦里陶醉了。禾堆在炽烈的太阳光底下看起来多美呵！我无须想像自己在意大利就可以见识令人叹为观止的一切。

不错，朋友，我从自然的"浑然的赞美歌"里听出来的、听懂的东西，诚如你所说，就是一种寻求喜悦的劝诱。我在每一支鸟歌里听见它，我在每一朵花香里闻到它，我乃至仅能想像赞美是祷告的唯一形式——跟圣弗朗索瓦说了又说：上帝！上帝！"e non altro"（没有别的），心里充满一种说不出的爱。

然而不要怕我转入了不学无知！最近我读了许多书，借几个雨天相助。我宛然把我的赞美转到书里了……读完了玛勒白朗什（Malebranche），立刻又读起了雷布尼兹（Leibnitz）的《寄克拉克的书简》。然后，作为休息，读了雪莱的《沁季》(*The Cenci*)——不感兴趣；也读了《含羞草》……我也许要叫你生气了：我简直可以舍全部的雪莱，全部的拜伦，而取我们去夏一块儿读的济慈的四曲；有如我舍全部的雨果而取波德莱尔的几篇十四行诗。"大诗人"这个名词没有什么意义，要紧的是做一位纯诗人……啊，弟弟，谢谢你使我知道了，了解了，喜爱了这一切。

……不，不要为了几天相见的快乐而缩短你的旅行。认真说，我们还是暂且不要相见的好。相信我：如果你在我身边，我就不能再想你了。我不愿意使你痛苦，可是我已经弄到不再希求——现在——你在这里了。我要对你说吗？我若知道你今晚要来……我就溜了。

噢！别叫我向你解释这一种……感情，我请求你。我只知道我老是在想你（这对于你的幸福该已经够了），我这样觉得很幸福。

在接到这封信以后不久，我从意大利回来，就服了兵役，被送到南锡（Nancy）。我在那里一个人也不认识。可是我乐意孤独，因为这样，在我做情人的骄傲以及阿丽莎自己，都愈加明白地显得她的信是我的唯一寄托，而对她的记念，由龙沙（Ronsard）来说，是"我的唯一圆极（entéléchie）"。

实在，我们所受的相当严格的训练，我处之十分轻松。我对于一切都硬朗，在我写给阿丽莎的信里，我只叹不能相见。我甚至于在这个长年的分别中发现了堪与我们的勇气相称的一种试炼。"你永远不叫苦的,"阿丽莎写信对我说,"你叫我无从想像到一旦会委顿的……"为的要证实她的话,我还有什么不会忍耐呢?

自从我们上一次会面以来,差不多快过了一年了。她似乎不想到这一点,而只从现在起计较她的期待。我以此责难她。

> 我没有同你一起在意大利吗?负心人!我一天都没有离开过你,要知道现在,一时的,我可不再能追随你了,这次,只有这次,我才称为离别,的确,我老想法想像你当军人的样子……我想像不出。顶多我看见你,晚上,在加姆比达路的小房间里,在写字读书……不,甚至于这也不成;实在,我只能再看见你在勒阿弗尔或者在奉格瑟玛尔,在一年以后。
>
> 一年!我不计算已经过去的日子;我的希望注定在未来的那一点,那要慢慢地、慢慢地来呢。你该记得,在园子的尽底里,那垛矮墙,墙脚下托庇着菊花,墙头上我们闹着玩儿;须丽叶和你在上边大胆地走着,好像

回教徒直上天堂；我呢，我走不了几步就发晕了，你就在下边嚷着："不要看你的脚！……向前边！一直走去！看准目标！"然后你终于——这比你说的话更有用——爬上了对面那一头，等待我。于是我不再颤抖。我不再觉得头晕了；我不再看别的，只看你；我直跑到你张开的两臂之间……

没有了对你的信赖，芥龙，我要变得怎样了？我需要觉得你强健，需要依靠你。别软弱了。

出于一种逞强的精神，故意延长我们的期待——也出于怕不圆满的会面，我们讲好了我在巴黎，在阿什拜尔屯小姐那里过新年边上的几天休假……

我已经说过，我并不把她的那些信全部抄下。这里是在二月中旬接到的一封信：

大为骇异，前天，经过巴黎路的时候，看见 M 的陈列窗很招摇地摆着你向我讲过而我还不相信真会出来的阿培的那本书。我情不自禁走了进去；可是书名我觉得那么荒唐，我煞费踌躇，不敢向伙计说；我甚至眼看要随便买一本别的什么书就走出书店了。幸而一小堆通俗读物在柜台近旁等待顾客——我在那里拿起一本，扔下一百苏，不曾用得着讲话。

我很感激阿培没有把他的书送给我！我把它翻看了一下，无法不觉得可耻；倒并不怎样以书本身为耻——书里我觉得胡闹究竟还甚于失礼呢——而深耻于想到阿培，阿培·服提叶，你的朋友，写了它。我逐页找去，终不见《时报》的书评家在那里所发现的"大才分"。在勒阿弗尔的我们这个小小的圈子里，大家常谈起阿培，我听说这部书很成功。我听到人家把那种不可救药的浮薄称为"轻松""潇洒"；自然我很慎重，保持缄默，我只告诉你读过那本书。可怜的服提叶牧师，起初我看见是很正当地颇为不乐，终于怀疑他究竟有没有可以得意的地方；他周围的每个人都竭力使他相信有。昨天，在朴兰提叶姑母家里，V夫人很突兀地对他说："牧师先生，你的儿子有了极大的成功，你一定很高兴吧！"他有点窘，回答说："噢！我还没有到这一步……""可是你会到的！你会到的！"姑母说，当然并没有恶意，可是用了那样一种鼓励的语气，弄得全场人都笑起来了，连他也笑了。

将来演起《新阿贝拉》来不知道又当如何了！我听说正预备给林荫路（Les Boulevards）哪一家戏院，似乎报纸上早已谈起来了……可怜的阿培！这当真就是他所求的，他所满足的成功吗？

我昨天在《内在的安慰》（*Intérieur Consolaction*）里读了这句话："凡是真正希冀真正而永久的光荣者，不介意暂时的光荣；凡是心里不轻蔑暂时的光荣者，真正表明了他不爱天国的光荣。"而我想谢谢上帝为天国的光荣选取了芥龙，因为和天国的光荣比起来，另外那一种光荣就毫无价值了。

好几个礼拜、好几个月在单调的生活中过去；可是，只能使我的思绪系在回忆上或者希望上，我大不感觉到时间的慢、时刻的长。

我的舅父和阿丽莎六月里要到尼姆附近去看须丽叶，她大约到那时候就要生孩子。她身体稍稍不甚好的消息使他们匆匆就道了。

"你最近的来信，寄往勒阿弗尔的，"阿丽莎写信给我说，"寄到的时候，我们已经走了。不知道是怎么一回事，一礼拜后才转到这里。整整一礼拜，我的灵魂仿佛缺少了什么,寒颤、阴晦、萎缩。啊!弟弟,我只有和你相处了才真正是我——甚于我呢……

"须丽叶又好起来了,我们日复一日地等候她分娩,没有什么分外的不安。她知道我今朝和你写信,我们到爱格维孚的第二天,她问我说:'芥龙呢?他怎样了?……他常给你写信吗?……'因为我不能对她说谎。'等你写信给他的时候,对他说……'她说到这里踌躇了一下,然后,带了极温柔的微笑,'……我好了。'我读起她那些总是快活的信来,实在有点怕她再扮演幸福,把她自己也哄骗了……如今她认为幸福的事情,与她从前梦想的,似应为她的幸福所寄的事情,竟那么不同呢!……啊!所谓'幸福'与灵魂有多么深切的渊源,而似乎从外界构成幸福的各成分又那么无足轻重!我省得对你讲我在'garigue'(荒原)上独自散步中所作的许多感想,那里最叫我惊讶的就是我不再感觉欢乐了;须丽叶的幸福本该使我满足的……为什么我的心委诸一种不可解的忧郁,叫我无法抵抗呢?就是当地的风景美,我感觉到的,至少我承认的,也无非更增加这一种说不出的哀愁……当你从意大利写信给我的时候,我曾经通过你而看见一切东西;现在我觉得好像不让你看见我独自看的一切东西了。而且,我在奉格瑟玛尔,在勒阿弗尔养成了一种抵抗阴雨天的能力;在这里,这种能力,再没有用武之地,我觉得它空起来,甚为不安。人群的欢笑,地方的欢腾,都使我不快;也许我所谓忧郁无非不像他们一样的喧闹而已……显然,从前我的喜悦里想必是有几分骄傲的,因为,现在,置身在这种陌生的快活之中,我所感觉的倒像是一点屈辱。

"自从我来这里以后,我简直做不成祷告:我感到一种孩子气的感觉,觉得上帝不在原处了。再见,我赶快搁笔,我惭愧于说了这种亵渎话,惭愧于我的脆弱,我的忧郁。惭愧于对你讲了出来,惭愧于写了这一切,我明天会撕掉的,倘若今晚没有邮差来带走……"

其后的那封信只谈到生外甥女,她得当小女孩的教母,须丽叶的欢乐,舅父的喜悦……可是关于她自己的感情,却一字不提了。

然后来信都重新寄自奉格瑟玛尔,须丽叶在七月里到那边去和他们同住了……

爱德华和须丽叶今早离开我们了。我特别舍不得我的小外甥女;六个月以后再看见她的时候,她的一举一动我都要不认识了;她差不多没有一个举动的养成我没有看见。成长总是那么神秘而惊人,都由于不注意我才不常惊讶。我把多少时间都过在凭倚这张充满了希望的小摇篮。是由于何种自私,由于何种自满,由于何种向上心的缺乏,发展才那么快就停止,所有的生物才离开上帝还那么远就固定下来了?噢!如果我们能够,我们愿意更接近一点上帝……那会有何等的竞争啊!

须丽叶似乎很幸福。我起初见她抛弃了钢琴,抛弃了读书,甚为惋惜;可是爱德华·台西埃对于音乐不喜欢,对于书本不大有兴味;须丽叶的举措确甚聪明,不寻找他所跟不上的乐趣。她反而对于丈夫的事业怀了兴趣,他把一切事务都教她通晓。今年事业上有很大的发展;他爱打趣说这是因为结婚的缘故,因为结婚使他从勒阿弗尔拉到了大批顾客。他上次作业务旅行的时候,罗伯也跟了去;爱德华对他很好,自命了解他的性情,看见他认真地喜爱这种工作,也没有失望。

父亲身体好多了;看见女儿幸福,使他重新年轻了;他重新关心农场、园子和刚才正叫我重新朗读我们同阿什拜尔屯小姐一起开始读的,因为台西埃一家人来住而中止读的东西。我对他们读的是许伯内男爵(Baron Hübner)的旅行记,我自己也觉得很有趣。现在我自己也多了一些读书的时间了,可是我等你给我些指导;我今晨拿了一本又一本,一连拿了好几本,对于哪一本都不感兴趣!……

阿丽莎此后的来信变得更烦乱,更迫切:

怕使你不安,我不敢对你说我如何在盼望你,要在重见你以前过的每一个日子都叫我觉得沉重,觉得难受。还有两个月!这在我看来比我们分别以来早已过去的全部时间还要长呢!我想排遣我的等待而动手做的事情都似乎只是可笑的应急而已,我对于什么也不能聚精会神。书没有效能,没有魅力,散步乏味,大自然黯淡无光,园子褪去了色,失去了香,我羡慕你在军营里做的杂役(corvées),那些强迫的不容你选择的训练,它们使你老顾不到自己,使你疲倦,为你打发日子,到晚上,叫你,累极了,一下子滚进了黑甜乡。你关于演习为我所作的动人的描写日夜萦绕了我。最近几夜来我一直睡不好,有几次我突然被起身号吹醒了:我当真听见了军号哪。我完全想像得出你所讲的那种清兴,那种早晨的轻松,那种微晕……在黎明的冰冷的眩光里,玛尔泽维尔（Malzéville）的高原，该何等美啊！……

我近来不十分舒适，噢！没有什么要紧。我相信不过是盼待你太切了一点。

六星期以后：

这是我最后的一封信，朋友。纵然你回来的日子还没有十分定，当也不会很晚的；我不能再写信给你了。我本来很想在奉格瑟玛尔重见你，无奈天气变坏了，很冷。父亲口口声声说要回城市去。现在须丽叶和罗伯都不跟我们在一起了，我们让你在这里住，很容易安排，可是你还是住在菲丽歇姑母家里好，她也很喜欢接待你。

我们的重逢一天天逼近，我的盼望越发焦急了，几乎是带了恐惧呢；我那么切望你的，现在，竟似乎怕你来了；我竭力不想它；我想像叩门的铃声、你上楼梯的足音，我的心就停跳了，或者难受起来了……尤其你不要期望我能对你讲话……我觉得我的过去在这里终止了，以外我什么也看不见，我的生命停止了……

四天以后,就是解除军役的一星期以前,我却又接到很短的一封信:

> 朋友,我完全赞成你不想在勒阿弗尔住得过久,把我们第一次重聚的时间拖得太长。我们在信里早已写尽了,还有什么话可谈呢?所以,如果你在二十八日就得上巴黎报到,你不要踌躇,甚至于不要惋惜只能给我们见面两天。我们可不是还有一生吗?

六

我们第一次的会面是在朴兰提叶姨母家里。我忽然觉得军役把我弄得迟钝了,呆板了……我后来想她一定觉得我变了。可是这种虚假的印象在我们中间又会有什么要紧呢?——在我,怕不再完全认识她了,我起初简直是不敢看她……不,最使我受窘的,宁是人家给我们当的未婚夫妇的这种荒谬的角色,大家都要剩我们自己在一块儿,避开我们的那一种殷勤。

"可是,姑母,你一点也不妨碍我们呀,我们之间并没有什么秘密话要谈。"阿丽莎终于嚷起来了,再也受不了那位老太太躲躲闪闪的笨劲。

"不尽然！不尽然，我的孩子们！我很知道你们，年轻人长久不见面，总有许多小事情要互相报告报告的……"

"我请求你留下，姑母，你要走反而要叫我们不高兴了。"——说这句话的声音差不多带了生气的样子，叫我简直听不出阿丽莎的声音。

"姨母，我跟你说吧，如果你走开，我们管保一句话都不讲了。"我补充说，笑着，可是我自己一想到只我们两人相对，也感到一种恐惧。于是我们三人一块儿谈下去，看起来高兴，实在是无聊，各人想法把自己的困惑藏在假装的兴奋内。我们第二天当可以再见的，因为我的舅父请我吃中饭，因此我们第一晚相别并无怅惋，暗自庆幸演完了这一场趣剧。

我在离吃饭时间还很久的时候就到了，可是我看见阿丽莎正在同一位女友闲谈。主人无法谢客，客又不知趣，只是不走。当她终于撇下我们的时候，我假装诧异阿丽莎竟没有留她吃饭。我们两个精神都有点不自在，一夜不眠，以致十分疲惫。我的舅父来了。阿丽莎觉得我看出他衰老了。他变得有一点重听，不大听得清我的声音，要大声喊着才好叫他听明白，我的话因此就说得非常蠢钝。

中饭以后，朴兰提叶姨母，照预先讲好的，乘马车来接我们；她把我们带到奥尔歇，意在让阿丽莎和我在回来的路上徒步走那最愉快的一程。

天气热与季节颇不相称。我们走的那一段坡路敞在太阳底下，毫无风趣；脱了叶子的树木不让我们有半点荫庇。亟欲赶到姨母在那里等我们的马车，我们踉踉跄跄地加紧我们的脚步。我从头痛作梗的头脑里挤不出半点思想；为了好看起见，或者因为这种动作可以代替言语吧，我一边走，一边拉阿丽莎让我拉的一只手。走路的急喘、沉默的局促，把我们的血液冲上面孔；我听见太阳穴在跳，阿丽莎气色红得不顺眼；不久便觉得互相握着的湿漉漉的手很不舒服，我们松开了，让各自凄凉地掉回去了。

我们赶得太快，马车还没有到，我们就老早到了十字路口；马车走另外一条道，开得非常慢，因为姨母想让我们有充分谈话的时间。我们坐在路边拦岸上，一阵突然吹起来的冷风使我们起了寒噤。因为我们浑身是汗，于是我们站起来走去迎马车……可是最糟的还是可怜的姨母对我们所怀的殷切的关心，她满以为我们已经畅谈过了，想询问我们订婚的事情。阿丽莎实在受不住，满眼是泪，推托说头痛得厉害。我们静悄悄地回了家。

第二天，我醒来的时候，筋骨酸痛，像害了伤风，非常苦楚，我只得到下午才上比柯兰家去。不巧，阿丽莎不是一个人在那里。玛玳伦·朴兰提叶，菲丽歇姨母的一个孙女，跟她在一起——我知道阿丽莎常喜欢和她谈话。她在她祖母家里暂住几天，一见我走进去就叫起来说：

"如果你回头从这里出去仍然回坡头，我们就可以一同上去。"

我很机械地答应下来了，因此我不能和阿丽莎单独会面了。可是有这个可爱的女孩子在一边，于我们自然有用的；我不感到前一日那种难堪的局促；我们三人马上就十分自在地交谈起来了，而且谈得远不如我起先所担心的那样无聊。我向她说再见的时候，阿丽莎含笑的样子很古怪，我觉得她直到此刻才知道我第二天要走了。然而，不久会再见的预期把我的辞别中所能有的悲剧气味都扫除净尽了。

可是，晚饭以后，迫于一种漠然的不安，我又下到市内，闲荡了一小时，然后才决定重新叩比柯兰家门。是舅父接见了我。阿丽莎觉得不舒服，早已上自己的房间去了。显然是立刻就寝了。我同舅父谈了一会儿，随即辞出……

这次的一再不凑巧，不管怎样的可恼，我埋怨也是枉然。即使一切都帮助我们，我们仍然会自己寻出我们的窘处。可是阿丽莎也竟感觉到，没有什么比这一点更叫我难过

了。这是我一回到巴黎就接到的一封信:

朋友,何等可哀的相见啊!你似乎归咎外人,可是你自己也不能信服。现在我相信,我知道将永远如此。啊!我请求你,不要让我们再相见了!

我们有的是要说的话,为什么却那样窘,那样尴尬,那样瘫软,那样喑哑呢?你回来的第一天,我甚至于还庆幸这一种沉默,因为我相信它会消失的,相信你会对我讲许多奇妙的事情的:你总不能就此走开啊。

可是当我们向奥尔歇默默地完结了那一次愁惨的散步,尤其当我们的手互相松开了,无望地垂下了的时候,我相信我的心悲痛得晕过去了。最叫我难过的,倒不是你的手松开了我的手,而是觉得如果你的手不这样,我的手也要松开了——因为我的手在你的手里也不感到愉快。

第二天——就是昨天——我发狂一般地等了你一早晨。我太不安,无法留在家里,乃留下几行字,告诉你到堤上什么地方找我。我在那里待了好久,看波涛汹涌的大海,可是我没有与你同看,实在太痛苦了:我回来,忽然想像你在我的房间里等我。我知道下午我没有空，玛玥伦前天告诉我说她要来，因为我料想早上可以见到你，我就让她来了。可是我们能有那唯一愉快的瞬间，也许还得归功于她的在座。其中有一个时期，我起了一个古怪的幻想，以为这种自在的谈话会延长得很久，很久……当你走到我和她同坐的沙发跟前，向我俯身，说"再见"的时候，我不能回答你；我觉得什么都完了；猛然间，我明白你走了。

你和玛玥伦一出去，我就觉得这是不可能的，不能忍受的。你可知道吗，我走出去了！我还要跟你讲话呢，要对你说我一点也没有对你说的一切；我早已跑到了朴兰提叶家里……晚了；我没有工夫，没有敢……我回来了，绝望了，给你写……我已经不愿意再给你写……一封告别信……因为我太觉得我们的通信全只是一场大幻梦，觉得我们各人都只是，唉！写给自己，觉得……芥龙！芥龙！啊！我们永远是隔得多远呵！

我撕了那封信，的确；可是现在我又写了，差不多完全照旧。噢！我爱你并不比以前差，朋友，恰好相反，当你一走近我的时候，就可以在我所感到的困惑中，窘迫中，我从没有如此深感到我爱你如何深；可是也多么无望，因为，我一定得老实告诉你：远离的时候，我更爱你。我早已料到这一点了，唉！这次久盼的会面终于给了我教训，朋友，你也一定得信服这一点真实。再见，我如此钟爱的弟弟，愿上帝保佑你，引导你：只有向他，我们可以接近而亦可以无疚。

仿佛这封信叫我读来还不够痛苦，她第二天在信尾加上了这几行附笔：

在发这封信以前，我要请求你对于我们两人有关的事情更谨慎一点。许多次你使我不快，把应该由我们管的事情向须丽叶和阿培谈论，也就是这一点使我——你远没有料到的——就想到你的爱特别是一种头脑的爱，一种温情与忠诚的美而智的执着。

显然是怕我把这封信给阿培看，她才想起了写最后这几行。什么怀疑的锐眼使她防备起来了？她以前已经在我的言语中看出了我朋友的劝告的影子了吗？……

我觉得此后我同她真隔得太远了！我们走两条分歧的道路；教我独自负担我忧苦的重荷，这种劝言，于我实属多余。

其后三日完全过在我的悲叹中；我想答复阿丽莎，我又怕，由于太存心的争论，由于太热烈的抗辩，由于稍一欠当的措辞，不可救药地闹大了我们的创伤；我开始了二十次我的爱情在里面挣扎的这一封信。直到今日我不能无泪而重读这张沾泪的信笺，我终于决定寄出的那封信的副本：

阿丽莎！可怜我，可怜我们两人吧！……你的信害苦了我。我多么愿意能用微笑来回答你的恐惧呵！不错，你给我写的，我完全感觉到，可是我怕对自己说。你把何等可怕的现实给了只是想像的东西，你把它在我们之间弄得好厚啊！

如果你觉得你爱我不如以前了……啊！让我撇开你在全信里否认的这一点残酷的假设吧！可是，那么你这些一时的恐惧有什么要紧呢？阿丽莎！我一想要理论，我的字句立刻冻结了，我只听见我的心在悲鸣。我爱你太深，无法乖巧，我愈爱你，愈不会对你讲话。"头脑的爱"，这叫我怎样回答呢？我用全灵魂爱你，叫我怎么分得清我的理智与我的心呢？可是既然我们的通信成了你不留情而责难的原因，既然，由通信而提高了、随后跌进了现实，使我们受了如此剧烈的创伤，既然你现在相信你给我写信无非写给你自己,既然我已经没有力量再忍受像你最近这样的一封信了;我请求你,暂时停止我们之间的一切通信吧。

在这封信的下文中,我抗议她的判断,我控诉,我哀求她重新赐我们一次会面。上一次一切都不顺遂,背景、配搭、季节——以至于我们的通信,太兴奋,也没有准备得妥当。这一次事先要只许沉默。我希望实现在春天,在奉格瑟玛尔,在那里我想过去会袒护我,我的舅父会在复活假内接待我,多多少少任她自己酌定住几天。

我的决定已经坚定了,一把我的信发出去,我就能埋头用功了。

我在岁末以前又得和阿丽莎会面了。阿什拜尔屯小姐数月来身体日渐衰弱,在圣诞节前四天死了。自从我解除军役以来,我重新同她住,我甚少离开她,我给她送了终。阿丽莎的一张明信片向我表明了她把我们的默誓放在心上,还甚于我所遭受的丧事:她当下就来,她说,只为的送葬,因为我的舅父不克亲自来参加。

差不多只有我们两个,她和我,参加葬仪,随后又护送灵柩;并肩走着,我们只交谈了几句;可是,到了教堂,她坐在我身边，我有几次觉得她的目光含情地凝注在我身上。

"这已经讲好了，"她对我说，在她正要离开我的时候，"复活节以前什么都不谈。"

"好，可是到复活节……"

"我等你。"

我们是在墓园的门口。我想要送她上车站，可是她招来一辆马车。连一句告别的话都不说，就把我撇下了。

七

"阿丽莎在园子里等你。"四月末有一天，我到了奉格瑟玛尔，我的舅父像慈父一般地把我拥抱了以后，对我说。纵然起初我因为不见她立刻出来迎接我，颇感失望，随后我马上就感激她为我们免去了初见面时刻应有的那些俗滥的寒暄。

她是在园子的深处。我向那个路口走去，在那里环绕的丛密的灌木，在这个时节，完全开了花，紫丁香、棠球、金雀、魏吉丽亚（weigelias）等等。为的要不至于老远就望见她，或者让她好不看见我来，我沿园子的另一边，走那条仄径，那里的空气，在树枝底下，十分清凉。我慢慢地走去；天空就像是我的喜悦，暖和，光明，入微的纯净。当然她是预期我从另外那条路上来的；我到了她的附近，她的背后，她都没有听出；我停住了，仿佛时间竟会得和我一同站住了。"这一个瞬间，"我想，"即使它还在幸福本身以前，幸福本身比起来还不如呢……"

我想要跪在她面前，我走前去一步，她听见了。她突然站起来，让手里正在做的绣件滚到了地上，向我伸出两臂，把两手搁在我的肩上。好一会儿我们就一直是这样，她，伸着手臂，面含笑容，向我低垂，脉脉含情地看着我，不说一句话。她穿了一身白衣裳。在她差不多太庄重的脸上，我重新看出了她童年的微笑。

"听我说，阿丽莎，"我突然喊起来，"我还有十二天好空。你什么时候不乐意我待在这里，我马上就走，不多待一天。我们先商定一个记号来表示'明天你必须离开奉格瑟玛尔'。我看见了第二天一定走，毫无异议，毫无怨言。你赞成吗？"

我没有准备我的字句，信口说来，反而自在。她想了一想，然后：

"倘若有一晚，我下来吃晚饭的时候，没有把你所爱的那副紫水晶的十字架挂在胸前……你懂吗？"

"那就是我最后的一晚。"

"不过你走起来，"她接下去，"可不要流泪，不要叹气……"

"不作告别。我要在最后的那一晚离开你，完全像在前夜的样子，那么干脆，你起初不由得怀疑：'他会懂吗？'可是你第二天早上找我的时候，简简单单，我已经不在了。"

"第二天我也不找你。"

她向我伸过手来，当我把她的手放到我的嘴唇上的时候：

"从此刻到终了的那一晚，"我补充说，"可不要有一点暗示叫我预感到什么。"

"你一点都不要暗示其后的别离。"

这一次会面的严肃在我们之间眼看要引起的局促，现在不得不打破了。

"我很愿意，"我接下去说，"同你在一起的这几天显得和平常的日子一般无二……我的意思是：我们大家都觉得它们不是例外的日子。并且……我们起初不急于竭力想谈话……"

她笑起来了。我又说：

"有什么我们可以一同做的事情吗？"

我们一向都爱好园艺。一个没有经验的园丁新近代替了

217

旧的那一个，园子荒废了两个月，有许多地方要整顿。玫瑰树没有修剪好，有些，长得茂盛的，夹杂在枯枝间；有些，乱爬的，贴在地上，没有架好；还有些被赘枝吸收得枯瘦极了。大部分是我们给接枝的，我们认得出我们所培植的东西。它们所需要的料理，占去了我们很长的时间，使我们头三天，谈了许多话而一点也没有说到严重的什么，当我们不说话的时候，一点也不觉得沉默的压迫。

就像这样子我们重新又互相习惯了。我相信这种熟悉胜过随便怎样的苦口解释。就是我们对于别离的回忆也早已在我们之间消失了；我常常感到的她心里的那种恐惧，她害怕的我那种灵魂的紧张，都早已减退了。阿丽莎，比我在秋天作那次惨苦的拜访的时候年轻了许多，我觉得从没有见过她比现在更好看。我还没有吻过她。每天晚上我看见她的胸衣上，挂在一条金链子上的闪耀着那个紫水晶的小十字架。深信中，希望在我的心里重新生出来了，我说是"希望"吗？这早已是确信了，而且我想像阿丽莎也同样感到了；因为，我一点也不怀疑我自己，无从再怀疑她了。我们的谈话渐渐地大胆起来了。

"阿丽莎，"有一天早上，当明媚的空气里处处透露着笑意，当我们的心像花一样开着的时候，我对她说，"现在须丽叶已经幸福了,你不让我们也……"

我讲得很慢,眼睛望着她;她忽然变色,苍白得厉害,直叫我不敢说完我的句子。

"朋友!"她开始说,眼睛并没有向我转过来,"我在你身边觉得比我料想会感到的还要幸福……可是相信我:我们生来不是为的幸福。"

"除了幸福,灵魂还喜欢什么呢?"我急躁地嚷着。她喃喃地说:

"圣洁……"声音非常低,这两个字与其说是听出的,不如说是猜出的更为确切。

我全盘的幸福张开了翅膀,脱出我,向天上飞去了。

"没有你,我达不到那里的,"我说,头埋在她的膝上,像一个小孩子似的哭着,可是由于爱,并非由于悲哀,我重复说,"没有你不成,没有你不成!"

随后,这一天像其他那几天一样地过去了。可是到晚上,阿丽莎出来没有挂那件紫水晶的小首饰。忠于我的约言,第二天天一亮,我就走了。

第三天我接到了这一封怪信,信上作为题句,写了莎士比亚的这几行诗:

That strain again, — it had a dying fall:
O, it came o'er my ear like the sweet south,
That breathes upon a bank of violets,
Stealing and giving odour. — Enough; no more
'Tis not so sweet now as it was before.
（又这个调子了，——总那样袅袅不绝：
从前啊，它掠过我耳朵像旖旎的南方，
轻轻地呼吸在满坡的紫罗兰花上，
偷香又送香——够了，不要再来了，
现在已不像从前那样的可爱了……）

噢！不由我自主，我找了你一早晨，弟弟，我不能相信你已经走了。我有点怀恨你履行了我们的约言。我想：该是一场玩笑。在每一丛灌木背后，我都盼着你现身。——可是不行！你真是走了。谢谢。

这一天我心头就一直萦绕了一些思想，我愿意给你知道的——还萦绕了一种奇怪而确切的恐惧，就是怕如果我不给你知道，我往后会觉得对不住你，配受你责备……

在你初到奉格瑟玛尔的时候，我起初惊讶，随即深感不安：为什么我的全灵魂在你身边感到那样不可思议的满足。"那么大的满足，"你对我说，"直叫我不再作以外的任何希求了！"唉！就是这一点使我不安的……

朋友，我怕你要误解我。我尤其怕你把无非是灵魂的最激烈的表现只当作一种微妙的推理。（啊，那多么欠当呵！）

"如果是不能满足的，就不是幸福"——你对我说过，你可记得？我当时不知道如何回答你——不能，芥龙，这不能满足我们。芥龙，这不该满足我们。这种赏心的满足，我不能认它为真的满足。去年秋天你没有领悟到这种满足里面掩藏了多少苦恼吗？……

真的满足！啊！上帝！让我不要把它当作是真的满足吧！我们生来是为了另一种幸福……

正如从前的通信糟蹋了去年秋天的会面，想起你昨天在这里，我今天写信就无趣了。我往常给你写起信来所感到的那种快乐现在到哪里去了呢？由于写信，由于见面，我们消磨了我们的爱情所能企求的喜悦里所有的纯粹。现在，不由我自主，我像《第十二夜》里的奥西诺一样地感叹了："够了！不要再来了！现在已不像从前那样的可爱了。"

再见，朋友。Hie incipit amor Dei.（从此开始对上帝的爱。）啊！你可知道我多么爱你……直到底我还是你的。

阿丽莎

对于德行的陷阱，我总是束手无策。一切英勇，迷我的眼目，牵引我——因为我不能把它和爱情分开……阿丽莎的信使我以最冒失的热忱自我陶醉。上帝知道我努力求更大的德行就只是为了她。无论哪一条小径，只要是向上的，都会引到她那里。啊！地总不至于太快地收缩得只容得下我们两人吧！唉！我料不到她遁匿得那么微妙，我也想像不到她会从一个尖顶上重新逃脱我呢。

我给她作了很长的答复。我还记得我的信里唯一算得有见识的一段。

"我常常觉得，"我对她说，"我的爱情是我身上所保有的最好的一部分；我所有的德行都悬系在这上面，它提高我，使我超越我自己，没有它我就要落回到资质极平凡的那种庸碌的水准了。是由于希望赶上你，我才觉得最险峻的小径总是最好的路径。"

不知道我接下去说了什么，以致她对我答出了如下的一段话：

可是，朋友，圣洁不是一种选择，是一种义务（在她的信上这个名词底下打了三道着重线）。如果你真是我所相信的那样一个人，你也逃不脱这一种义务的。

就只是如此。我明白或者不如说预感到我们的通信就要中止了，最巧妙的劝告、最坚定的决意，在此都无能为力了。

然而我还是长长地，温柔地，给她写信。在我的第三封信以后，我接到了这个短简：

朋友：

切勿以为我已经下了决心，不再写信给你了，我只是不感觉兴趣罢了。你的信却还叫我喜欢，可是我愈来愈责备自己这样地牵引了你的情思。

夏天不远了。我提议我们暂时停止通信，过些日子你到奉格瑟玛尔来和我一同过九月的下半个月。你赞成吗？如果赞成的，我不需要你的答复。我要把你的沉默当作同意，所以我希望你不要答复我。

我没有作答复。显然这一种沉默无非是她课诸我的最后的考验而已。当我工作了数月,旅行了数星期以后,回到奉格瑟玛尔的时候,我是再安心不过了。

我怎能,用一篇简单的叙述,叫人家立刻会理解我自己起初也不明白的事情呢?我在这里能描写什么呢,除了从那时候起完全摆布了我的悲苦境遇?因为我虽然如今觉得自己不可恕,不该没有在那种最矫饰的表面底下觉出爱情还在那里悸动的,当时却只能看见那种表面,因此,觉得找不到我的密友了,我责备她;不,就在当时我也没有责备你呵,阿丽莎!只是绝望地哭泣我不再认识你了。现在我已然把你的爱情,用它沉默的狡计,用它残忍的技巧,量出了力量了,你愈加凶狠地苦我,我定当愈加爱你吧?……

轻蔑?冷淡?都不是;满不是什么可以克制的东西;满不是什么我可以抗争一下的东西,有时候我踌躇,我疑惑,莫非自造苦恼吧,既然它的原因如此微妙,既然阿丽莎假装不知道又如此乖巧。我到底悲叹什么呢?她接待我比往常更笑容可掬:以前她显得从没有如此殷勤,如此亲切,第一天我差不多给她骗过了……把头发梳成一个新样子,塌平了,收紧了,把她的面目点化得十分呆板,仿佛要改窜她本来的表情;一件不合适的上衣,颜色暗淡,质料粗糙,把她身体的优美的节奏弄得非常别扭……这究竟有什么要紧呢？我盲目地想着，没有什么她第二天不就会改正的，出于她自动，或由于我请求……我更觉得不快的是那种亲切，那种殷勤，那是在我们之间不习见的，那里面我怕看得出存心多于任意，虽然我不大敢说……客气多于爱情。

当晚，走进客厅的时候，在原先搁钢琴的地方已经不见了钢琴，我很惊讶；听见我失望而直叫起来，阿丽莎用了最平静的声音回答说：

"钢琴送去修理了。"

"我可对你再三说过了，孩子，"我的舅父说，用了近于严厉的一种责备的语气，"你既然能把它直用到现在，你尽可以等芥龙走了，然后把它送走的，你的急躁剥夺了我们极大的快乐……"

"可是，父亲，"她说，一边掉过头去，因为脸红，"这几天来，钢琴已经变得非常嘶哑，就是芥龙自己也弹不出什么来了。"

"你弹起来，"舅父重新说，"不见得怎样差啊。"

她停了一会儿，向暗处俯身，仿佛一心在估量一个椅套的尺寸似的，随即突然走出了房间，过了好久才回来，用一个盘子托来了我的舅父照例每晚都服用的煎药。

第二天她不改梳头发,也不改穿上衣;坐在她父亲身边,在房子面前一张长椅上,她接做头一天晚上已经做起的针黹,在织补东西。她旁边,在长椅上或桌上,放着一只大筐子,装满了破旧的长筒袜子、短袜子,她在里面掏着,检着。过了几天,又弄起了食巾、被单……这种工作似乎使她全神都贯注了,以至于她的嘴唇完全失去了表情,她的眼睛完全失去了光彩。

"阿丽莎!"第一天晚上我对她嚷着说,看了她这副脸上的诗意尽失(dépoétisation),大为愕然,我简直认不出是她的面孔,我凝视了好久,她似乎并没有感觉到我的目光。

"什么?"她抬起头来说。

"我想到底你听见不听见我。你的思绪似乎离开我太远了。"

"不,我是在这里呢;可是这种织补很需要集中注意力。"

"你一边缝补,一边可愿意听我给你念东西吗?"

"我怕不大听得好。"

"为什么你找这么费心机的事情做呢?

"总得有人要做的。"

"外边有许多穷女人借此糊口呢,总不是为的省钱,你才潜心做这种烦腻的活儿罢?"

她立即向我断言没有什么工作使她更感觉兴趣了,许久以来她就只做这一种活,她对于别的工作显然已经做不来了……她一边讲,一边微笑。她的声音从没有比现在她如此叫我伤心的时候更说得温柔了。"我说的都是很自然的,"她的面孔好像在表示,"为什么你要难过呢?"——我心里所有的抗议,甚至于不再涌到我的嘴唇上了,塞住了我的喉咙。

第三天,当我们采玫瑰花的时候,她请我把它们拿到她的房间里,我这一年还没有到那里去过。我立刻生起了多么得意的希望!因为我还在责备自己的悲哀,只要她说一句话就会治好了我的心病呢。

我每次进那个房间,总少不了无限感触;我不知道究竟是什么在那里造成了一种和谐的宁谧,令我在其中认得出阿丽莎的本色。窗子上和床周围的帷帐的蓝影,光亮的桃花心木的家具,干净,整齐,清静,一切都向我的心报告她的纯洁、她的娴雅。

这一天早上,我在她床边的墙上不见了我从意大利带回来那两张马沙乔(Masaccio)的大照片,非常惊讶;我正要问她那两张照片怎样了，我的视线落到了近旁的书架上。她向来在那里放她的枕边书。这一架小小的收藏是一半由我送给她的书，一半由我们一同读的书，逐渐积成的。我发现那些书都搬掉了，一律换上了一些无足道的通俗信仰的小册子，都是我料她完全看不起的东西。突然抬起眼睛来，我看见阿丽莎笑着——是的，望着我笑着。

"对不住，"她立即说，"你的面孔叫我禁不住笑了，你一看见我的书架，就那么急转直下地变了颜色！"

我没有什么心思开玩笑。

"真的，阿丽莎，你现在读的就是这些东西吗？"

"是的，你觉得有什么奇怪呢？"

"我以为一个人，吃惯了滋养的食品，尝这些无味的，不会不作呕。"

"我不懂你的意思，"她说，"这都是一些谦卑的灵魂；他们简简单单地同我讲话，尽力表白自己的心得；我喜欢与他们过从。我预先知道他们不至于陷入词藻的迷惘，我呢，读起他们来，也不至于落入渎神的赞叹。"

"那么你只读这一类东西了？"

"差不多。对了，好几个月了。并且，我现在没有多少读书的时间了。我老实告诉你，最近，想把你教我激赏的一位大作家拿起来重读的时候，我觉得自己就像圣书里讲的那个人，竭力想把自己的身材加高一尺。"

"这位叫你对自己怀这种怪想的'大作家'究竟是哪一位呢？"

"不是他叫我这样的，是读他的时候我才感到的……是帕斯卡尔。我也许偶尔撞到了不大好的地方……"

我做出了一个不耐烦的动作。她讲得一口清朗而单调的声音，仿佛在背书，没有把眼睛从花上抬起来，她把花理来理去，还没有理完。由于我的动作，她停了一下，随即用同样的声调继续下去了：

"那么样惊人的雄辩，那么样大劲，只证明那么一点点。有时候我想莫非他那种感泣鬼神的腔调，说是信仰的结果，还不如说是怀疑的结果吧。完全的信仰讲起话来，声音里不会有这么多眼泪，也不会有这么大颤抖。"

"就是这种颤抖，就是这些眼泪，造成这种声音的美。"我竭力想反诘，而没有勇气；因为她这些话里，我一点也认不出阿丽莎身上使我钟爱的地方。我把它们完全照我所记得的录下来，毫未加以事后的修饰与整理。

"如果他没有先给现世的生活除尽快乐，"她接着说，"现世的生活称起来会重过……"

"重过什么?"我说,因为我听了她这种怪话,不胜惊异。

"重过他所倡议的那种不确定的幸福。"

"那么你不相信那种幸福吗?"我嚷起来了。

"有什么要紧!"她回答,"我倒愿意它不确定,好免除一切计较的嫌疑。敬慕上帝的灵魂努力投身于德行,并不是由于希望得报偿,是由于天性的崇高。"

"从此就来了帕斯卡尔一流人的崇高所寄托的那种秘密的怀疑精神了。"

"并不是怀疑精神,是冉森派精神(jansenisme),"她含笑说,"我同这一套究竟有什么关系?这里那些可怜的灵魂。"(她转向书架)"他们会瞠目不知所对的,如果问他们到底是冉森派,还是清静派,还是别的什么派。他们俯首在上帝面前,像风吹草偃,不存恶意,不带烦恼,不逞美。他们认为自己一点也没有了不得的地方,知道自己的价值就是在上帝面前抹杀了自己。"

"阿丽莎!"我喊着,"为什么你撕掉你的翅膀呢?"

她的声音依然很平静,很自然,因此我的感叹在我自己看来愈显得过火,非常可笑。

她重新微笑起来了,一边摇摇头。

"我上次拜访帕斯卡尔所带回来的一切……"

"什么呢?"我问她,因为她停住了。

"就是基督的这一句话:'凡要救自己生命的,必丧失生命。'此外呢,"她接下去,加深了笑容,面对面望着我,"实在,我差不多已经不再了解了。当你在这些卑微者的圈子里生活了一些时候,说来奇怪,那些伟大者的崇高就叫你气都喘不过来了。"

我感到狼狈,一时就想不出一句话来回答她……

"倘若我今天得同你全部读一读所有这些说教集,这些默想录……"

"可是,"她插进来说,"我看见你读它们,我真要难受极了!我的确相信你生来适宜于读比这些更好十倍的东西。"

她讲得十分简单,像一点也不怀疑把我们两个生命隔开的这些话会叫我心碎的。我头里像火烧;我还想要讲话;我真想要哭呢,也许她会给我的眼泪克服吧;可是我径自一言不发,两肘撑在壁炉架上,头埋在手里。她平静地继续整理花,一点也看不见,或者假装不看见我的痛苦……

正在这时候响了第一次开饭钟。

"我要来不及准备吃饭了,"她说,"快走开吧。"随后,仿佛只是闹着玩的:

"我们以后续谈吧。"

我们以后就不曾续谈。阿丽莎老是叫我碰不到一起,她不曾显得要躲避,可是每一桩临时事务都立刻变成了一种十分切要的义务。我挨次等待;我一直要等到她料理完永远是应接不暇的家务,监督完仓房里进行的工作,访问完她愈来愈关心的那些佃户,那些穷人。其余的时间才归我所有,实在很有限;我看见她总是很忙,——虽然也许倒还是在这些琐屑的操劳中,在我放弃追随她的时候,我才最不大觉得怎样的落空。只消略谈上几句,我就更感到如此了,当阿丽莎赐给我几分钟的时候,那实在总是用来作一席最别扭的谈话,她讲话就像哄小孩子。她从我身边匆匆地走过去,不经意,含笑,我觉得她变得比不认识她还要疏远呢。甚至于我有时候觉得她的微笑里带几分奚落,至少带一点讥诮,仿佛她以如此巧避我的欲望为乐……于是我立即转而自怨自艾,不愿意遽尔责备人,简直不知道我可以期待她什么,也不知道我可以责备她什么。

我原先预期有如许幸福的日子就是这样过去了。我茫然地看它们飞逝,可是既不想增加它们的数目,也不想延缓它们的进行，两者都如此倍增我的痛苦。在我走前二日的晚上，她却陪我走到了石灰泥废坑前面的长椅那里——正是一个空明的秋晚，直到一点烟霭都没有的天际，每一件蓝染的小东西都明晰可辨，在过去中，甚至于最飘渺的记忆也毕露无余——我抑制不住我的悲叹了，我表明了我现在的苦恼之所以形成，是由于多大幸福的丧失。

"可是我有什么法子呢，朋友？"她立即说，"你恋上了一个幽灵。"

"不，决不是一个幽灵。"

"一个想像的人物。"

"唉！我并没有虚构。她从前是我的朋友。我唤回她。阿丽莎！阿丽莎！你就是我爱的那人儿。你怎样了？你叫自己变成什么样子了？"

她半晌不回答，慢慢地撕碎一朵花，低着头。然后，终于说：

"芥龙，为什么不干脆说你不大爱我了？"

"因为这是不确的！这是不确的，"我愤然地嚷着，"因为我竟然已经不再爱你了！"

"你现在还爱我……然而你又追惜我的过去哪！"她说，勉强含笑，微微耸一耸肩膀。

"我不能把我的爱情放回到过去。"

地在我的脚底下坍陷了，我抓得到什么就抓住什么……

"它一定得和别的东西一同过去的。"

"像我这样的爱情却只能与我自己同归于尽。"

"它会逐渐冷淡的。你自以为仍然爱的阿丽莎早已只存在于你的记忆中了，将来自然会有一天你只记得曾经爱过她了。"

"你这样讲，倒像有什么可以在我的心里代替她的位置了，倒像我要不再爱了。难道你不再记得你自己也爱过我，竟能这样地以苦我为乐吗？"

我看见她苍白的嘴唇颤动了，用了一种几乎听不出来的声音，她喃喃地说：

"不，不，这一点在阿丽莎并没有改变。"

"那么什么也不会改变了。"我一边说，一边抓住了她的手臂……

她说下去，更坚定了：

"一句话就可以说明一切，为什么你不敢说呢？"

"什么话？"

"我老了。"

"算了！"

我立刻抗议，说自己也同她一样的老了，说我们之间的岁差总还是不变的……可是她已经恢复了主意；唯一的时机错过了，由于我一味地论辩，我断送了我的优势；我踏空了。

两天后我离开奉格瑟玛尔，不满意她，也不满意我自己，对于我还叫做"德行"的东西满怀了憎恨，对于我平常的心思满怀了怨愤。似乎在这一次最后的会面中，由于我过分铺张了我的爱情，我完全用尽了我的热情；阿丽莎的一言一语，起初我不服，在我的抗议沉默了以后，在我的心里仍然是活的，胜利的。呃！她确乎有理！我已经只钟爱一个幽灵了，我曾经爱的、我仍然爱的阿丽莎，已经不存在了……呃！无疑的，我们已经老了！这种可怕的诗意消灭，冻彻我心深处的，究竟，无非是回复自然而已；我慢慢地把她提高了，把她作成了我的偶像，用我所喜爱的一切东西来加以装饰，现在我辛苦的结果，除了疲倦，还剩什么呢？……一剩了她自己，阿丽莎就立刻落到了她本来的水准，平庸的水准，我也在那里看见了我自己，可是我在那里就不再想要她了。以我一己的努力把她提高了，我要在高处达到她，这种累人的德行的努力，我觉得多么荒唐！只要少高傲一点，我们的恋爱就好办了……可是固执着一种没有目标的爱情又有什么意义呢？那是顽冥，那不是忠贞了。忠于什么？——于一个谬误。最聪明还不是老实对自己承认我弄错了？……

当时有人推荐我到雅典学校，我立刻答应去，毫无野心，毫无兴味，可是想到出发，有如想到逃脱，不由我不喜欢。

八

然而我还会见了一次阿丽莎……那是在三年以后，夏天临末的时候。十个月以前，我从她那里听到了我的舅父死了。我当时在巴勒斯坦旅行，立刻给她写了一封相当长的信去，而迄未见复……

恰巧在勒阿弗尔，我忘记了借什么事由，自然而然，我走到了奉格瑟玛尔。我知道阿丽莎在那里，可是怕不止她一个人在那里。我没有先通知我要来，不愿意像做一次平常的拜访似的去见她，我一边犹豫：我要进去吗？还是我宁可以不见她，不想法见她，径自走了吗？……好，就这么办，我光是沿林荫路走去，坐在长椅上，她也许还到那里去坐坐的……我早已寻思我可以留下什么记号来，叫她在我走了以后，知道我曾经来过……一边想，我一边缓步前行；现在既然决定了不见她，绞住我心头的有点辛酸的悲怆就让位给了一种几乎是甘美的忧郁。我早已到了林荫路，怕被人撞见，我沿着分开农场的土堤，走地势低的一边。我知道土堤上有一个地点可以俯瞰园子的，我就爬上去。我不认识的一个园丁正在一条小径上刈草，不久便望不见了。一个新的栅栏门关住了院子。一只狗听见我走过，在那里吠叫。再进前一点，林荫路终止了，我向右转，重遇到园墙，我正要走向山毛榉树丛与我刚才离开的林荫路并行的那一部分，在菜园的小门前经过的时候，忽然起了一个念头，我想从那里走进园子去。

门关着。然而里边的门栓只有一点微弱的抵抗力，我就想要用肩膀来把它顶开了……正在这时候，我听见一阵脚步声，我隐身到墙角落去。

我看不见谁从园子里出来，可是我听出，我觉出是阿丽莎。她向前走了三步，很微弱地唤我：

"是你吗，芥龙？"

我的心本来跳得很厉害，一下子就停住了，因为我的喉咙里塞住了，一句话也说不出，她就响一点地重新说：

"芥龙，是你吗？"

听见她这样唤我，紧压我胸头的感情，非常激动，直叫我不由得跪下了，因为我始终不回答，阿丽莎再向前走了几步，转过墙角落，我突然觉得她面对我了——我正在用胳臂遮住了我的面孔，仿佛怕立刻看见她。她把头向我低了一会儿，一方面我乱吻她纤弱的双手。

"你为什么躲起来呢？"她对我说，简单得宛如这三年的离别只离别了三天而已。

"你怎么知道是我呢？"

"我在等你。"

"你在等我？"我说，太惊讶了，只能用疑问的口气把她的话反过来问……见我还跪在地上：

"我们到长椅那边去吧，"她接着说，"是的，我知道我还得再见你一次。三天以来，我每晚来这里，我就像今晚一样地唤你……为什么你不回答呢？"

"如果你没有来撞见我，我要不见你就走了，"我说，狠狠克制最初摆布了我的激动，"我只是，偶尔来到了勒阿弗尔，就想在林荫路上走一走，在园子外边绕一圈，在那张长椅上休息一会儿，我猜你还会到那里去坐坐的，然后……"

"看我这三晚带来这里读的东西吧。"她岔断我的话，递给我一束信，我认出是我从前从意大利写给她的那些信。这时候我才抬起眼睛来看她。她已经大变了。她的消瘦、她的苍白，可怕地绞痛了我的心。依靠着，压着我的胳臂，她向我紧紧地挨挤，仿佛她觉得害怕，或者寒冷。她还穿了重孝，显然，她当作帽子戴的黑纱，圈住了她的面庞，衬得她更加苍白。她微笑，但似乎有一点支撑不住。我亟欲知道她这时候是否一个人在奉格瑟玛尔。不是，罗伯和她同住在那里，须丽叶、爱德华以及他们的三个孩子曾经来他们这里过了八月……我们走到了长椅跟前，我们坐下，报告家常的谈话又拖长了几分钟。她探问我的工作。我不大乐意地回答她。我很愿意她觉得我对于我的工作已经不感觉兴趣了。我很想就照她以前使我失望那样地使她失望。我不知道做到了没有，可是她一点也没有露出什么。至于我，同时而满怀了恨与爱，我竭力用最冷淡的态度来对她讲话，我气愤有时候把我的声音震撼得直抖的感情。

夕阳在一朵云里掩藏了一会儿，在地平线上重现了，差不多正对了我们，用一片闪烁的光华淹遍了空田地，用一种突如其来的丰富填满了在我们脚下张开的峡谷，随即落下去了。我一阵眼花，半晌不说一句话；我觉得自己还裹在、沉浸在这一种金黄的陶醉里，我的恨在其中发散了，我在心里只听出爱了。阿丽莎，还侧着，倚着我的，坐直起来了；她从上衣里面掏出一个薄纸包的小包，像要交给我，又停住

了,似乎是踌躇不决,当我愕然地看她的时候:

"听我说,芥龙,这里是我那副紫水晶的十字架,我带来了三晚了,因为我久已想给你。"

"你给我做什么?"我说得颇有点粗暴。

"要你保存了,作为纪念我,给你的女儿。"

"什么女儿?"我嚷着,望着阿丽莎,不明白她的意思。

"平心静气地听我说吧,我请求你,不,不要这样地看着我,不要看着我。我早已不大好对你讲话了,可是,这一点,我一定要对你说。听好,芥龙,有一天,你要结婚的……不,不要回答我,不要打断我,我恳求你。我只是想要你将来记得我曾经深深地爱过你……好久以来……三年以来,……我就想,你喜爱的这副小十字架,你的一个女儿,有一天,要戴它,以纪念我,噢!不知道纪念谁……也许你可以也给她……以我的名字……"

她停住了,讲不出话来;我差不多怀了敌意地嚷着:

"为什么你不可以亲自给她呢?"

她还想讲话。她的嘴唇颤抖着,像一个哽咽的小孩子那样,她却并不哭;她的眼睛里那种奇异的光辉,使她的脸上洋溢着一种非人间的、一种天使的美。

"阿丽莎,我同谁结婚呢!你知道我只能爱你……"突然间，狂热地，几乎是粗野地，把她搂紧在我的臂弯里，我在她的嘴上乱吻了一阵。她任我摆布，半倒在我的怀里，我把她抱了一会儿；我看见她的目光瞀了，随后她的眼皮阖上了，用一种在我看来恰当、和谐得什么也比不上的声音：

"可怜我们吧，朋友！"她说，"啊！别糟蹋我们的爱吧。"

也许她还说"不要做卑怯的行为！"，或者也许是我自己说的，我不知道了，可是我一下子在她面前跪下了，虔诚地用胳臂把她围住了……

"既然你这样地爱我，为什么你总拒绝我呢？瞧！我起初等须丽叶结婚，你知道你也等她幸福，她是幸福了，你自己告诉我的。我好久总以为你不愿意离开你的父亲，可是现在只剩了我们两个了。"

"噢！别惋惜过去吧，"她喃喃地说，"现在我已经翻过了一页了。"

"还有时间呢，阿丽莎。"

"不，朋友，再没有时间了。再没有时间了，自从那一刻我们由于恋爱而各自为对方瞥见了比恋爱更好的东西。托福你，朋友，我的梦想升得极高，以至于一切人世的满足都唯有令它堕落了。我常常想到我们在一起生活就会怎样了；

241

只要它稍一不完全,我就忍受不住……我们的爱情。"

"你想到过我们不在一起生活又会怎样吗?"

"没有!从没有想到过。"

"现在,你瞧啊!三年以来,没有你在一起,我一直是惨苦地飘来荡去……"

夜色苍茫了。

"我冷了,"她说,站起来,把她的肩巾裹得太紧了,叫我无从再挽她的胳臂,"你记得圣书里的那一节,曾经叫我们很为难,我们怕不大懂得的:'他们并没有得到应许给他们的东西,上帝给我们预备了更好的东西……'"

"你还相信这些话吗?"

"当然得相信。"

我们不再说什么话,并肩地走了一会儿。然后,她接下去说:

"你想想看,芥龙,'更好的东西!'"突然她的眼睛迸出眼泪来了,一边还讲着"更好的东西!"

我们又到了刚才我看见她出来的菜园的小门口。她向我转过身来:

"再见!"她说,"不,不要再走来了。再见,我至爱的朋友。现在要开始了……那种更好的赏赐。"

就在一瞬间,她看着我,又把我挽住又把我推拒,胳臂伸着,手搁在我的肩上,眼睛里充满了说不出的一种爱……

等到门一关,听见她随手把门栓一闩,我立刻倒在门上,绝望到无以复加,不能自已,在夜色里哭泣着,呜咽着,待了好久。

可是留住她,撞进门,不管怎样闯进房子去,那里倒还不会叫我吃闭门羹的——不,即便在今日,当我回到了以往,重温这一刻过去的时候——不,这在我是不可能的;谁要是在这里不了解我的,那就是直到那时候一点也没有了解我。

一种忍不住的焦虑使我几天以后写了一封信给须丽叶。我对她讲我到过奉格瑟玛尔,对她说阿丽莎的苍白、消瘦,如何的令我惊骇;我请求她留意,请求她随时给我些消息,我不能再期望阿丽莎自己来什么音讯了。

不到一个月以后,我接到了这封信:

亲爱的芥龙:
　　我报告你一个极悲哀的消息:可怜的阿丽莎已经不

在了……唉！你在信里表示的忧虑实在是太有所据了。数月以来，她不怎样说得上有病，只是一天天衰弱；然而，任了我的恳求，她终于去看了勒阿弗尔的Ａ医生，Ａ医生给我来信说她没有什么要紧。可是你去看她以后的第三天，她突然离开了奉格瑟玛尔。从罗伯的来信里，我才知道她的离家；她难得写信给我，要没有罗伯，我就完全不知道她的出走了，因为我对于她的沉默不会那么快地起什么惊怪。我痛责罗伯就这样让她走了，没有陪她上巴黎。你会相信吗，从那时候起，我们就不知道她的通讯处了。你想想看我多么着急，不能见她，甚至于不能写信给她。罗伯，的确，几天以后，也去了巴黎，可是一无所得。他向来疏懒，我们不能不怀疑他的热心。我们该报告警察的，当不能老处在这种残忍的疑惧不安中。爱德华出发了，办得还好，终于找到了阿丽莎进的那个小疗养院。可惜，唉！晚了。我同时接到院长报告她病故的一封信，和未能一见她的爱德华拍来的一个电报。她在最后一天把我们的地址写在一个信封上，让人家好通知我们，在另一个信封里，装一份她寄给勒阿弗尔我们的公证人的一封信的副稿，内容是她的遗嘱。我想这封信里有一节是关于你的，我回头就让你知道。爱德华和罗伯终获参加了前天举行的葬礼。送灵柩的不只是他们两个人。疗养院里几个病人也参加了,把她的遗骸送到了墓地。至于我,随时就会生第五个孩子了,不幸我不能走动。

亲爱的芥龙,我知道这个噩耗会引起你极大的悲痛;我给你写信,我的心也碎了。我不得不在床上躺了过去这两天,我现在还写得很困难,可是我不愿意让别人——哪怕是爱德华或是罗伯——对你讲她,因为显然是只有我们两个深知她。现在我差不多是一家的老母亲了,现在已经有许多灰烬掩盖了炽烈的过去。我可以希望再见你。倘若你有事情或者有兴致到尼姆来,就来爱格维孚看我们吧。爱德华很喜欢见你,我们两个可以一块儿谈谈阿丽莎。再见。我很伤心地抱你。

过了几天,我听说阿丽莎把奉格瑟玛尔派给了她的弟弟,可是要求把她房间里的一切东西和几件指定的家具运送给须丽叶。我不久便可以接到她放在一个密封里、写明交我的一些文件。我还听说她叫人把我在最后那一次见她的时候拒绝收留的那副紫水晶的小十字架挂在她的颈上,我从爱德华那里听说这已经照办了。

律师寄给我的那个密封里装的是阿丽莎写的日记，我在这里抄下了若干页。——我只是抄下，不加评语。你们大可以想像到我读它们的时候作何感想，心里如何骚乱，我自己表现出来总不免太不完全了。

阿丽莎日记

爱格维孚

前日离勒阿弗尔，昨日抵尼姆；我的第一次旅行！家政和烹饪都不用操心了，在其后的清闲无事中，在这个1881年的5月23日，我的二十五度生日，我开始写日记——没有多大的兴致，不过聊用以作伴而已；因为，也许是我生平第一次，我觉得孤独——身处这一个异乡，简直是异国，我还不熟识的地方。它要对我讲的显然无异于诺曼底对我讲的，我在奉格瑟玛尔久听不倦的——因为上帝无论到哪里都不会两样——可是这块南国的地方所讲的语言，我还听不懂，我惊异地听着。

5月24日

须丽叶睡在我近旁一张沙发上——在开敞的廊下。这条廊使这所意大利式的房子别饶风韵，它平接铺沙的院子，院子又连接园子。须丽叶，不离开沙发，就可以望见草场起伏而延长到一片水那里。一群杂色的鸭子在那里嬉戏，两只白鹅在那里游泳。一条小溪，据说在任何夏天都可以不干的，灌注到那里，然后流贯园子，园子在那里变成了丛林，愈远愈荒凉，在不毛地与葡萄田之间愈缩愈窄，随即完全被收束住了。

……爱德华·台西埃昨天带我的父亲参观了园子、农场、酒窖、葡萄田，我在须丽叶身边，没有去，因此，今天一早我得以独自在大园子里作我第一次发现的散步。许多草木，我都不认识，我却很想知道它们叫什么，我把它们每一种摘下一条细枝，预备到午饭的时候，探问它们的名字。我在其中认出一些芥龙在博尔赫斯别庄，在朵里亚·帕姆非利所赞美的圣栎树……与我们北方的树木那么不相类，样子那么不相同；差不多在园子的尽头，它们荫蔽着一片狭隘而神秘的隙地，俯临着一片柔软的绿茵，踩上去非常愉快，仿佛吸引着山林女神们的心魂。我纳罕，简直害怕，我对于自然的感情，在奉格瑟玛尔具有深刻的基督教色彩的，在这里竟不由我自主，变得有点神话气息了。然而愈来愈叫我感受压迫的这一种恐惧仍然是宗教意味的。我低诵这句话:"Hic nemus."(这里是神林。)空气澄清如水晶,一片奇异的沉静。我想起奥尔斐(Orphée);想起阿尔密德(Armide),忽然间发出了一阵鸟声,唯一的鸟声,离开我那么近,那么动情,那么纯洁,我忽然觉得全自然都在等候。我心跳得十分厉害,我在一棵树上倚了一会儿,随即回来了,那时候大家都还没有起身呢。

5月26日

芥龙老没有信来。如果他寄到勒阿弗尔,他的信该已经转到了……我只能向这本手册吐露我的不安;三日来片刻都得不到排遣,昨天游莱博也不济事,祷告也不行。今日我在这里别的什么都不能写了:到爱格维孚以来我所感到的忧郁也许并没有别的原因——我在心里感觉得那么深切,现在看起来它仿佛又已盘踞在那里了,仿佛我自鸣得意的喜悦无非掩盖它而已。

5月27日

为什么我要对自己说谎呢?我以须丽叶的幸福为乐,乃由于推理。我曾经如此切盼,以至于甘愿牺牲我自己的幸福以求得那种幸福,我现在看见她毫无困难地获得了，看见它与我们——她和我——原先所想像的截然不同，我觉得痛苦。这多么复杂呵！不错……我清清楚楚地看出自私心的一种可怕的复活：气恼她在我的牺牲以外找到了幸福——她无需我的牺牲就可以幸福。

现在，感到了芥龙的沉默使我何等的不安，我自问：那种牺牲在我的心里当真是完成了吗？我好像受了屈辱似的，觉得上帝不再要求我牺牲了。难道我不能作牺牲吗？

5月28日

这样子分析我的哀愁是多么危险呵！我早已依恋起这一本手册来了。我自以为已经克服的娇气在这里重新得势了吗？不，愿这部日记不要充当我的灵魂用以搔首弄姿的阿谀的镜子吧！我写日记，并非像我原先料想的由于闲居无事，而是出于哀愁。哀愁是罪孽的一种状态，我已经忘了的，我恨它，我愿叫我的灵魂摆脱它的纠纷。这本手册该帮助我在我的心里重新得到幸福。

哀愁是一种错杂。我从来不想法分析我的幸福。

在奉格瑟玛尔，我也孤独，更孤独……可是为什么我感觉不到呢？当芥龙从意大利写信给我的时候，我情愿他没有我在一起看东西，情愿他没有我在一起生活，我以思想追随他，把他的喜悦当作我的喜悦。现在我却不由自主地要他了，没有他，我所看到的一切新东西都叫我厌烦。……

6月10日

日记刚开始就中断了许久；小丽思诞生，长日长夜地看护在须丽叶身边；我能写给芥龙的一切，我都不高兴写在这里。我愿不致犯一般妇女的这一条通病，写得太多。把这本手册当作一种自我完善的利器吧。

(以后的几页是读书札记、摘录等等。然后重新是在奉格瑟玛尔的日记了……)

7月16日

须丽叶是幸福的，她说如此，看起来也如此。我没有权利、没有理由怀疑她这一点……现在我在她身边，何由而来了这种不满足、不安的心情呢？——也许是由于感觉到这种幸福如此见之于实际，如此易得，如此完全的"称身"以至于显得把灵魂束紧了、窒息了……

我现在自问我所希求的到底是幸福呢，还是向幸福的行进。主啊！不让我接触我可以很快就达到的一种幸福吧！教会我延宕我的幸福，使它远退到你那里吧！

（以后许多页已经撕掉了，显然是记的我们在勒阿弗尔那次苦痛的会面。日记到翌年才续下去，没有注明日子，可是当然是写在我小住奉格瑟玛尔的时候。）

有时候听着他讲话，我似乎看着我自己思索。他给我自己解释我自己，揭露我自己。我会没有他而生存吗？我有他我才存在呢……

有时候我迟疑：我对他所怀的感情就是所谓爱情吗——通常描摹爱情的图画与我所愿意的那么不同。我愿意一点都不说起爱情，爱他而不知道我爱他。我尤其愿意爱他而他不知道。

我觉得没有他而过的生活，不再能给我任何喜悦。我的全盘德行无非是为了叫他喜欢。然而，在他身边，我觉得我的德行衰落了。

我喜欢练习钢琴。因为我觉得我可以每天得一些进步。这也许也就是我喜欢读外国文著作的奥秘；当然并不是因为我爱好某种外国文甚于本国文，或者我所敬佩的本国作家有什么地方赶不上外国作家——而是因为捉摸意义、揣摩感情所遇到的轻微的困难所生的不自觉的骄傲，使我在心智的快乐以外，又感到某一种我觉得我所不能少的精神的满足。

无论如何幸福，我不能希求一种无进步的状态，我想像天国的喜悦并非是与神的混合，而是无限的、持续的接近……如果我不怕搬弄字眼，我要说我看不起一种不是进步的（progressive）喜悦。

今晨我们两个人并坐在林荫路的长椅上：我们什么也不说，不感到讲话的要求……突然间，他问我信不信未来的生命。

"啊，芥龙，"我立刻嚷起来了，"在我这岂止是一种希望，这是一种确信哩……"

猝然间我觉得我的全盘信念仿佛都倒进这一声感叹里了。

"我想知道，"他接着说，停了一会儿，然后，"没有信心，你会作别样的行动吗？"

"我怎能知道呢?"我回答。我又加上说:"你自己呢,不由你自主,朋友,你除了由信心的激发,再不能作旁的什么行动。不然,我就不爱你了。"

不,芥龙,不,我们的德行并不是为了将来的报酬而努力,我们的爱情并不是追求报酬。辛劳获得报偿的观念对于大方的灵魂是一种凌辱。德行在它也不是一种装饰;不是,是它的美的形式。

爸爸身体又不好起来了;不会有什么要紧,我希望,可是三天以来只能吃牛奶了。昨天晚上,芥龙刚回到他的房间去;爸爸,还不就寝,同我在一起,可是离开我一会儿。我坐在沙发上,或者不如说——我差不多从来不这样的——躺在那里,不知道为什么。灯罩给我的眼睛,我的上半身,遮住了灯光,我机械式地看着我的脚尖,从我的袍子底下露出了一点,给灯光笼住。爸爸回来的时候,他呆立了一会儿,在门口凝视我,神情古怪,一半含笑,一半含愁。漠然地觉得有一点不好意思,我站起来了;于是他向我招手……

"来,坐我身边。"他对我说。虽然时候已经不早了，他开始向我谈起我的母亲来了，自从他们分离了以后他还从不曾谈过呢。他对我讲他怎样和她结婚，他怎样爱她，她起初在他是多么重要。

"爸爸，"我终于对他说，"请求你告诉我为什么你今晚对我讲这种话——为什么你恰好在今晚对我讲这种话……"

"因为，刚才，我回到客厅里来，看见你躺在沙发上的时候，我在一瞬间以为重新看见了你的母亲。"

我所以这样追问他，乃是因为就在这一晚……芥龙没有读书，站在我背后，靠着我的椅子，俯身看我。我看不见他，可是感受到他的气息，仿佛还感觉到他身上的热，身上的颤动。我假装继续读书，可是我已经读不懂了，我连行数也分不清楚了；一种如此古怪的烦乱侵袭了我，使我不得不赶紧趁我还站得起来的时候，从椅子里站起来。我居然能走出去一下而侥幸没有引起他注意到什么……可是，稍晚一些，我独自在客厅里，躺在那张沙发上，爸爸觉得我像我的母亲，就在那时候，我恰好想起了她。

我这一夜睡得很不好，心里不安、烦闷、苦恼，过去的记忆像悔恨的波浪涌起来困扰我不休。

主啊，让我明白凡是具有恶貌的一切是多么可怕吧。

可怜的芥龙！如果他知道有时候他只要作一点表示呵，如果他知道我有时候等待那一点表示呵……

当我还是小孩子的时候，早已是为了他的缘故我才希望长得美呢。现在我觉得我除非为了他，我从不曾"勉力图完美"。这一种完美，没有他，是达不到的。这一点，上帝啊！在你的一切教训里，是最叫我灵魂为难的一种。

德行与爱行合一的灵魂该多么幸福！有谁怀疑除了爱，尽可能的爱，愈爱愈深，是否有旁的德行……可是有些日子，唉！德行在我看来无非是爱情的阻挠而已。什么！我敢把我心的最自然的倾向称为德行吗！啊，惑人的诡辩！似是而非的诱引！幸福的恶作剧的幻景！

今晨我在拉·布吕埃尔（La Bruyère）的书里读到：

人生的过程里，有时候会遇到禁止我们享受的极可

爱的快乐、极温存的期许,叫我们不由不希望至少允许我们享受的:如此大的诱惑非知道用德行克制它的人不足以超越。

那么为什么我在这里想自以为有什么要禁止呢?莫非我在秘密中被一种比爱情的诱惑更有力、更动情的诱惑所吸引了吗?啊!倘若能同时牵引了我们两个灵魂,借爱情的力量,超越了爱情啊!……

唉!我现在知道得太清楚了:在上帝与他之间,并没有旁的障碍,除了我自己。如果,诚如他对我所说,他对我的爱情起初是使他倾向上帝的,现在这一种爱情阻碍他了,他舍不开我,他偏重我,我变成了他的偶像,绊住他,使他不能在德行里有更大的进步。我们两个一定得有一个达到那一步;在我怯懦的心里,我已经没有希望克制我的爱情了,上帝,赐我力量以教他不再爱我,因此,以我的功德为代价,我可以向你呈献更高出千百倍的他的功德……虽然我的灵魂今天哭泣我失去了他,我失去他不就是为了以后我要在你身上重新找到他吗?……

说吧，上帝！还有什么灵魂更配得上你呢？他不是生来适于做更高出爱我的事情吗？如果他停止在我这里，我还会这样爱他吗？本可以是英勇的一切，在幸福里缩得多么可怜呵！……

星期日

"上帝给我们预备了更好的东西。"

星期一，5月3日

幸福就在那里，近在身边，向我们自献……只要一伸手就可以得到……

今晨，同他谈话的时候，我完成了我的牺牲。

星期一晚

他明天走……

亲爱的芥龙，我永远带了无限的柔情而爱你；可是我将永远不再能告诉你了。你强加给我的眼睛、我的嘴唇、我的灵魂的约束是那么严酷，以致离开你在我是一种解放，一种苦味的满足。

我竭力按理性行动，可是在动作的一刻，指使我行动的理性就脱出了我的把握，或者在我看来像十足迂阔了；我不再信它们了。

理性指使我逃避他吗？我不再信它们了……然而我还是逃避他，悲哀地逃避他，而不知道为什么我要逃避他。

主啊！但愿我们，芥龙与我，一块儿互相协助地向你前进；在人生的道上像两个朝圣者一样地走着，有时候一个向另一个说："靠在我身上吧，弟弟，如果你累了。"另一个回答说："觉得你在我近旁，我就足够了……"可是不！你指点给我们的路，主啊，是一条狭路——窄得容不下两个人并肩而行。

7月4日

我已经六星期没有翻开这一本手册了。上月，重读其中若干页的时候，我在那里看出了一种荒谬的、罪恶的想把文字写得好的苦心……我得自他的赐予……

仿佛，在我这一本手册里，无非是为的使我没有他也可以过活而开始写的，我倒是不断地为他而写了。

我把自觉写得好的各页都撕掉了。（我知道我说"写得好"是什么意思。）我本该把涉及他的各页都撕掉。我本该把它们统统撕掉……我办不到。

因为我撕去这些页，我早已感觉到一点骄傲了……这一种骄傲我本来会见笑的，如果我的心不这样病弱。

看起来当真像我有什么值得称道，销毁这些有什么了不得呢！

7月6日

我得离弃我的藏书了……

从一本书到一本书，我逃避他而重新碰见他。甚至于我没有他而自己发现的各页，我也听见他还在读给我听的声音呢。我只介意他感兴趣的地方，我的思想取了他的思想的方式，以至于我不能把它们分辨，不比我乐意把它们混在一起的时候更分辨得清楚。

有时候我力求写得坏，以便逃避他的字句的节奏：可是力抗他仍然是念念不忘他。我下了决心暂时什么都不再读，只读《圣经》（可能也读《遵主圣范》），在这本日记里，什么都不写，除了每天抄录我所读的主要的经文。

(以后接着写的是一种"家常便饭"[pain quotidien]，

从七月一日起,每天的日子都附带一节经文。我在这里只抄下附有按语的各段。)

7月20日

"变卖你所有的一切,分给穷人。"我明白我该把我只给芥龙安排的这颗心分给穷人。同时不就该教他也这样办吗?……主啊,给我一点勇气吧。

7月24日

我辍读了《内在的安慰》。这种古文很叫我感觉兴趣,可是使我分心,而且它所给我的近于异教的喜悦一点也谈不上我在其中想得到的教益。

重拿起《遵主圣范》,甚至于并不读拉丁原文,因为我以懂原文自夸。我喜欢甚至于不署名的译本——当然是新教的,可是标题上说"各基督教社团一概适用"。

"啊!如果你知道进德的时候,你会得到何等的平安,给别人得到何等的喜悦,我确信你会更关切地在这一点上努力了。"

8月10日

如果，上帝，我用了赤子的信念的热忱，天使的超人的声音而向你呼喊……

这一切，我知道，不是从芥龙来的，而是从你。

可是为什么，在你与我之间，你到处都揭起他的形象来呢？

8月14日

两个多月以完成我这个工作……主啊，帮助我！

8月20日

我深感到，我在悲哀里感到，牺牲并没有在我的心里完成。上帝，只有他常使我领教的喜悦，让我只归功于你吧。

8月28日

我所达到的德行是多么平庸、多么可怜啊！我对自己太苛求了吗？——不再为之痛苦。

总是向上帝求力量是多么卑怯的行为！现在我所做的祷告全是哀求了。

8月29日

"看田野里的百合花……"

这句如此简单的话今早使我沉入了一种悲哀,叫我无论如何也不能自拔。我走到田野里。不由自主地,不断地重念着这句话,使我心里,我的眼眶里,都注满了眼泪。我看着空漠的大平原,那里有农夫俯伏在犁上操劳。"田野里的百合花……"可是,主啊,它们在哪里呢?……

9月16日,晚十时

我重见他了。他在这里,在这所房子里。我看见他的窗子投在草地上的灯光。当我写这些字的时候,他还没有睡,也许他在想我吧。他没有变,他说如此,我也觉得如此。我会照我的决意去对待他,以绝他对我的爱情吗?……

9月24日

噢!惨痛的谈话,我居然假装得冷淡无情,虽然我的心在胸中情不自禁……直到现在,我总安于逃避他。今早我却相信上帝会给我战胜的力量,相信老是规避抗争不免是懦怯的行径。我战胜了吗？芥龙爱我已经稍稍不如原先了吗？……唉！这就是我又盼望同时又害怕的……我从此不再爱他了。

主啊，如果你为了把他从我这里救出去，必须要我先灭亡，你就这样办吧！……

"走进我的心，我的灵魂，来担负我的苦恼，来继续在我的身上忍耐你还得受的苦难。"

我们谈起了帕斯卡尔……我说了什么呢？多么可耻的胡言乱语啊！就在我说出来的时候，我已经觉得痛苦了，今晚我更追悔不迭，有如追悔亵渎的行为。我重新把那本沉重的《随想录》拿起来，信手翻到了写给洛安奈小姐（Mlle de Roannez）的书简中的这一段：

你只要自愿地一直跟随着引导者前行，就感觉不到牵他的绳索；可是一开始抵抗，一开始想法走开的时候，你就当真要感觉痛苦了。

这句话如此透彻地感动了我，以致我没有力量再往下读了；可是翻到书中另一个地方，我遇见了我原先不知道，现在刚抄下的非常可佩的一段。

（日记第一册在这里完了。显然，其后的一册已经被毁掉了；因为，在阿丽莎所留下的文件中，日记在三年以后才重见写作，那时候还在奉格瑟玛尔——在九月里——就是在我们最后一次会面以前不久的时候。

这本最后的日记开头是如下的字句。）

9 月 17 日

上帝，你知道，为了爱你，我需要他。

9 月 20 日

上帝，把他给我吧，我好把我的心给你。

上帝，只要让我再看见他一次。

上帝，我把我的心许给你，允准我的爱情对你的请求吧。我将要把我的余生只向你奉献……

上帝，宽宥我这个卑劣的祷告吧，可是我不能使他的名字离开我的嘴唇，也不能忘掉我心里的痛楚。

上帝，我向你呼号，别把我委诸苦难吧。

9月21日

"你将用我的名义向父请求的一切……"

主啊!用你的名义,我不敢……

可是,即便我不再做我的祷告了,你因此就不大看得出我心里狂热的希求吗?

9月27日

今晨起非常平静。差不多整整地默想、祷告了一夜。突然我觉得一种光华的和平,像我小时候对于圣灵的想像一般,把我裹起来,直降到我的深心。我立刻就寝,深恐我的喜悦只是神经的激奋;我差不多很快就入睡了,趁这种幸福的心情还不曾舍我而去。它今晨还完全在这里。我现在确信它会再求的。

9月30日

芥龙!我的朋友,我还称你为我的弟弟,可是我爱你比爱一个弟弟还深过千万倍……我在山毛榉树丛里喊过你多少次了!……每日近黄昏的时候,我总走出菜园的小门,走下早已昏暗的林荫路……如果你突然回答我,如果你在我张望的石堤背后现出来,如果我老远就望见你坐在长椅上等待我,我的心不会吓得一跳的……不!不见你,我才惊讶呢。

10月1日

仍然什么也没有。太阳在澄清无比的天空里落下去了。我等待。我知道不久,我要同他一块儿坐在那张长椅上了……我早已听他说话了。我那么爱听他说我的名字……他将要在那里了!我要把我的手放在他的手里。我要把前额放在他的肩上。我要贴近他呼吸。昨天我早已把他的几封信拿出来重读,可是我看都没有看,一心只想念他了。我也拿出了他所爱的,在从前一个夏天,我不要他走的时候,一直是每晚必佩的那副紫水晶的十字架。

我很想把这副十字架交还他。我久已做了这个梦:他结婚了,我是他的第一个女儿小阿丽莎的教母,我把这一件饰物送给她……为什么我从来不敢告诉他呢?

10月2日

今天我的灵魂轻快得像一只筑巢在天空里的小鸟。今天他该来了,我感觉到,我知道,我真愿意昭告全世界，我觉得我必须写在这里。我再也掩不住我的喜悦了。甚至于罗伯，平常对我是那么不经意、不关心的，也看出了。他的问话使我为难。我不知道如何回答。我怎能等到今晚呢？……

我不知道蒙上了何种透明的束带，使我到处都看见他扩大了影像，把爱情的光芒集中在我心上唯一的焦点上。

噢！我等得好累呵！……

主啊！向我开启一下幸福的大门吧！

10月3日

一切都烟消火灭了。唉！他从我的臂间溜走了，像一个影子。他本来在这里啊！他本来在这里啊！我现在还觉得他在这里呢。我唤他。我的手、我的嘴唇在黑夜里徒然地寻找他……

我不能祷告，也不能睡觉。我重新走到黑暗的园子里。在我的房间里，在全所房子里，我都害怕；我的苦恼重新把我引到了我抛下他的门口；我把门打开，满怀了痴心地希望，但愿他回来了！我呼喊。我在黑暗里摸索。我又回到房子里来给他写信，我不能忍受我的悲苦。

到底是怎么一回事呢？我对他说了什么了？我做了什么了？为什么我在他面前总想要夸张我的德行呢？我心里完全否认的一种德行有什么价值呢？我暗中背弃了上帝安排在我嘴唇上的言语。我心里胀满了东西，可是一点也吐不出。芥龙！芥龙，苦痛的朋友，在你身边我心碎，不在你身边我不能活，不要听信我刚才对你所说的一切，除了我的爱情对你讲的话。

撕掉了我的信，随即重新写……现在破晓了；灰色的，沾濡了泪珠，和我的思绪同样的愁惨……我听见农场里最初的声响，一切沉睡的都又苏生了……"现在，起来吧。时候到了……"

我的信不发了。

10月5日

嫉妒的上帝啊，你掠夺了我的，索性把我的心拿去吧。所有的情热从此都舍弃它了，再没有什么会动它了。那么帮助我战胜我自己可哀的残余罢。这所房子、这个园子，令人难以忍受地鼓励我的爱情。我要逃到一个只能看见你的地方去。

你要帮助我把我所有的财产分给你的穷人，让我把不容易变卖的奉格瑟玛尔派给罗伯。我已经写了遗嘱，可是大部分必要的手续我都不知道，昨天我同律师未能作充分的谈话，生怕他猜疑到我下的决心，怕他告诉须丽叶或罗伯……我要到巴黎去办妥这一桩事务。

10月10日

到这里累极了，不得不在床上躺过了最初这两天。人家不得我同意擅自请来的那位医生说必须做一种手术。反对有什么用处呢？可是我很容易使他相信我害怕做手术，我宁愿等待先"恢复了一点力量"。

我想法隐埋了我的名字、我的住址。我在疗养院的事务处存了足够的钱款，让他们并不为难地收容我，留我到上帝认为已非必要的时候为止。

我喜欢这个房间。十足的清整已够作四壁的装饰了。我十分惊讶我自己竟觉得近于喜悦呢。这是因为我对于生命已无所期望了。是因为现在我得满意上帝,因为他的爱唯有到完全占据了我们的深心以后才是甜蜜的……

我身边只带了一本《圣经》;可是今天,比我在那里所读到的言语还要高的,在我心里响着帕斯卡尔这一句狂热的欷歔:

凡不是上帝的一切,都不能满足我的盼待。

噢,我这颗轻率的心所希求的太属于人间的喜悦啊……莫非是为了逼出我这一声呼号,主啊,你才使我绝望了吗?

10 月 12 日
你的王国来了吧!来到我心里吧,你好单独统治我,完全统治我。我对你不再计较我的心了。

虽然疲乏得仿佛我很衰老了,我的灵魂还保持了一种出奇的稚气。我仍然是从前那样的小姑娘,非等房间里一切都整齐了、等脱下的衣服在床头折叠好了才能睡觉……

我愿意就是这样布置妥帖了才死。

10 月 13 日

在销毁以前,把日记重读了。"伟大的人品不屑散播自己所感的苦恼。"我想是克洛蒂尔玳·德·服(Clotilde des Vaux)说的,这个说得很美的句子。

正要把日记扔进火里去的一刹那,一种警告把我止住了;我觉得日记早已不属于我了,我没有权利从芥龙的手里夺下来;我写来一向就是为了他。我的不安、我的疑虑,今天在我看来是如此可笑,我不再能看重它们,也不再能相信它们会搅扰芥龙了。上帝,让他在那里不时地听出一颗心,亟欲把他推举到我没有希望达到的德行的极顶,而发出的笨拙的音调吧。

"上帝,领我到我所达不到的那块岩石上。"

10 月 15 日

"喜悦、喜悦、喜悦的眼泪……"

在人间的喜悦以上,在一切的痛苦以外,是的,我预感到这种光华的喜悦。我不能达到的那块岩石,我知道名字叫:幸福……我明白我的一生都是虚浮的,要不是归趋到幸福……啊!然而主啊,你把幸福许给了清净无欲的灵魂。"从此有福了,"你的神圣的言语如此说,"死在主怀里的从此有福了。"我必须等到死吗?我的信念在这一点上动摇了。主啊!我用全力来向你呼喊。我是在黑夜里,我在等天明。我向你一直呼喊到死。来宽解我的心吧。我一下子渴望起幸福来了……或者我应该自信我已经有了吗?有如不耐烦的小鸟,说是报晓还不如说是唤书,啼啭在黎明以前,我该不等到夜色阑珊了就歌唱起来吗?

10月16日

芥龙,我愿意教你以完全的喜悦。

今早一阵呕吐直叫我不能支持了。过后我立刻觉得衰弱到有一刻我以为要死了。可是不;起初我的全身心得了一种极大的平静;随后,袭来了一种苦楚,一种灵与肉的颤抖;这仿佛是我生命的解除迷幻的豁然开朗。我好像第一次看见我房间的四壁空无一物,光得难堪。我害怕了。现在我还借写东西以安我心呢。主啊!让我能毫不曾有所亵渎而达到终点吧!

我还能起来。我像一个孩子一样地跪下了……

我愿意现在赶快死,趁我还不曾重新感觉到孤独。

去年,我重见了须丽叶。自从她上次写信报告阿丽莎死讯以来,已经十年多了。乘道出南部之便,我在尼姆稍作勾留。台西埃家在闹市的中心,在浮熙路,住一所相当讲究的房子。虽然我已经写信通知我来了,我跨进门槛的时候,颇有点情不自胜。

一个女仆领我到客厅里,过了一会儿,须丽叶来见我了。我以为看见了朴兰提叶姨母了:同样的步态、同样的肩幅、同样气不暇喘的恳挚。她立刻,不等我一一作答,殷殷地探问我的事业,我在巴黎的生活、我的职务、我的交往;我来南方做什么事情?为什么我不可以到爱格维乎去?爱德华在那里一定很高兴见到我呢……随后她对我报告全家人的情形,讲她的丈夫,她的孩子们,她的弟弟,上期的收成、跌价……我听说罗伯已经把奉格瑟玛尔卖掉,来爱格维乎住了;他现在和爱德华合伙,让爱德华有工夫跑外,专管商务一方面的事情,留罗伯在田间,改良和扩大种植。

同时我不安地向四周巡视有什么可以唤起往日的东西。

我在客厅的新陈设之中，确乎认出几件奉格瑟玛尔搬来的家具，可是在我心里颤动的这一份过去，须丽叶现在似乎不在意了，或者竭力把我们从那方面岔开。

两个十二三岁的男孩子在楼梯那里玩，她叫他们来见我。大女儿丽思陪她的父亲到爱格维孚去了。另有一个十岁的男孩子要散步回来了，这就是须丽叶在向我报丧的时候，说快要出世的那个孩子。那一次分娩有过不少的困难，须丽叶过了许久还感觉痛苦呢；然后，到去年，仿佛幡然改图似的，她生了一个小女孩，听她的口气，她宠爱这个小女孩甚于其余的孩子。

"我的房间，她睡的，就在隔壁，"她说，"来看看吧。"当我跟她走去的时候："芥龙，我一向不敢写信给你……你会答应当她的教父吗？……"

"我极愿意，如果你喜欢我当，"我说，有一点惊讶，一边俯就那一只摇篮，"我的干女儿叫什么名字？"

"阿丽莎……"须丽叶低声地回答，"她有点像她，你看是不是？"

我捏了须丽叶的手，没有回答。小阿丽莎，经她的母亲抱起了，睁开了眼睛；我把她抱了过来。

"你做起父亲来多么好哪！"须丽叶一边说，一边勉强笑笑,"你还等什么才结婚呢?"

"等我先忘记了许多事情。"我看着她脸红。

"你希望不久会忘记的?"

"我从不曾希望会忘记的。"

"到这里来,"她忽然说,领我进一个小一点的、早已暗了的房间,那里一道门通她的寝室,另一道门通客厅,"我一有空,就隐避到这里,这是全所房子里最清静的房间,我到了这里就觉得简直躲开了生活了。"

这个小客厅的窗子并不像其余各房间的窗子那样地开向市嚣,而是对一个栽了树木的院子。

"我们坐下吧,"她说,一边跌坐到一张圈椅里,"如果我猜得不错,你是想忠于阿丽莎的纪念。"

我一下子没有回答。

"也许不如说忠于她对我所抱的观念……不,不要以为这是我的美德。我想我别无他法。如果我同另一个女子结婚,我只能假装爱她。"

"啊!"她说,仿佛无动于衷的,然后转过脸去,向地上低下去,好像寻什么失去的东西,"那么你相信一个人能在心里把一种无望的爱情保持得那么长久吗?"

"我相信,须丽叶。"

"也相信生活天天在它上面透气而不至于吹灭它吗?……"

黄昏像灰色的潮流一样涌上来,淹到了,淹没了每一件东西,在一片朦胧里,每一件东西都似乎复活了,低声地报告自己的过去。我重见了阿丽莎的房间,须丽叶把那里的家具统统收集在这里了。现在她向我重掉过脸来,我已经看不清她的眉目,因此我不知道她的眼睛是否闭着。我觉得她很美。我们现在大家都不说一句话。

"得!"她终于说,"我们得醒来了……"我看见她站起来,向前跨了一步,重新无力地倒在近旁一张椅子里,她用手掩面,我想她是在哭了……

一个仆人走进来,擎来了一盏灯。

图书在版编目（CIP）数据

卞之琳译作选/卞之琳译；许钧编.—北京：商务印书馆，2020
（故译新编）
ISBN 978-7-100-18719-0

Ⅰ.①卞… Ⅱ.①卞…②许… Ⅲ.①世界文学—近代文学—作品综合集②世界文学—现代文学—作品综合集 Ⅳ.①I11

中国版本图书馆CIP数据核字（2020）第117645号

权利保留，侵权必究。

故译新编
卞之琳译作选
卞之琳　译
许　钧　编

商务印书馆出版
（北京王府井大街36号　邮政编码100710）
商务印书馆发行
上海雅昌艺术印刷有限公司印刷
ISBN 978-7-100-18719-0

| 2020年8月第1版 | 开本 787×1092 1/32 |
| 2020年8月第1次印刷 | 印张 9⅛ |

定价：48.00元